나를 없애버리고 싶을 때

나를 없애버리고 싶을 때

우수진 지음

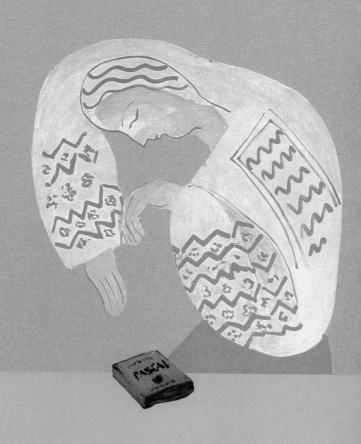

책엔

나는 완벽하게
치유 받았다

　나를 없애버리고 싶을 때, 나는 반드시 무엇이든지 써내야
한다. 끈질기게 내 머리를 휘젓는 것들을 철저하게 사적이고
솔직한 태도로 마음껏 적어야 한다. 아침이 와도 쉽게 이불을
털고 일어나지 못하는 날이 있었다. 하루 종일 방바닥에 누워
서, 기억하기 싫은 일들을 계속 곱씹어댔다. 그냥 이대로 땅으
로 푹 꺼져버리면 좋겠다고 생각했다. 끝도 없는 잡생각에 빠
져들었다. 나에게 함부로 대했던 사람들을 하나하나 떠올렸
다. 내 머릿속으로 그 사람들을 소환해서 매일 말다툼을 벌였
다. 나의 자존감을 깎아먹고, 내 자신을 초라하게 만든 상대의

4

전화번호를 알아내 당장이라도 따져 묻고 싶었다. 먼 길이라도 찾아가서 그 앞에서 보란 듯이 물이라도 얼굴에 뿌려주면 내가 살겠다는 마음이 간절했다. 귀 안쪽이 딱딱해지고 머리가 깨질 듯이 아프기 시작하면 '이제 제발 그만 좀 해, 그러다 네가 죽겠다'는 경고인 것 같아 무서워졌다.

부정적인 생각이 내 머릿속을 헤집고 다니기만 할 때는, 즐거웠던 순간, 고마운 사람들은 떠오르지 않았다. 분명 내 인생에서 훨씬 많은 비율을 차지하는 감사한 일들은 안중에 없었다. 이런 것들을 나에게서 멀리 떨어뜨려 놓아야 한다. 내가 감당할 수 없는 이 생각들을 내 머릿속에 더 이상 둘 수가 없다.

그래서 글을 썼다. 컴퓨터 자판을 따라 화면에 글자가 하나하나 입력되고, 머릿속을 헝클어놓던 지질한 생각들이 글이 된다. 이렇게 마구 글로 쏟아내고 나면 이것들은 내 머릿속을 떠나 컴퓨터라는 기기로 옮겨진다. 하지만 아직 완전히 떠난 것은 아니다. 나만 꺼내 볼 수 있는 내 글은 여전히 나만의 것이다. 이것들을 외부 세계로 밀어내어야 한다. 누구나 보고 싶다면 볼 수 있는 그런 흔한 것이 되어야 한다. 모든 글을 모아서 목차를 만들고, 출판사에 출간 제의를 보냈다.

　책엔에서 내 글을 책으로 만들어보고 싶다고 했다. 책이 만들어지는 과정에, 출판사는 내 글의 오탈자는 없는지, 구성이나 단어 선택은 적절한지를 세심하게 들여다보았다. 또, 내 글을 가장 잘 드러낼 수 있는 내지 디자인과 표지 디자인은 뭘까 골똘히 생각해주었다. 진짜 지질하거나 너무 사적일 수 있는 그런 이야기가 완벽하게 외부 세계로 밀어내지고, 누군가에게 과분하게 좋은 대우까지 받고 있자니 나는 완벽하게 치유 받았다.

- 2019년 10월
우수진

CONTENTS

2장. 평균을 벗어나지 못하는 보통 인간

3장. 자기 확신도 없는 의심덩어리가 될 때

4장.　뇌가 나를 조종할 때

5장. 흰색, 검정색 말고 회색이 될 때

1장

나를 없애버리고 싶을 때

수건과 에이즈

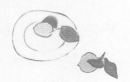

　나는 수건의 디자인이나 세탁한 이후에도 그래도 남아 있
는 얼룩을 신경 쓰지 않는다. 수건을 사용하는 데 아무 문제가
없기 때문이다. 집에서 염색을 할 때 손에 묻은 염색약을 닦아
낸 수건도, 다른 수건들처럼 세탁하고 그대로 사용한다. 이런
특별한 경우를 제외하고도 흰색 수건은 특히나 쉽게 누렇게
변한다. 색깔이 있는 수건은 바래지기도 한다. 그런들 무슨 상
관인가. 그런데 나는 그 수건에 대한 모욕적인 말을 들었다. 그
리고 그건 나에 대한 모욕처럼 느껴졌다. 자세한 이야기를 하
자면 이렇다.

나는 22살에 교환학생으로 미국에 갔다. 내가 다닌 대학 근처에는 각국에서 온 국제학생들을 돕는 목사님이 있었다. 자신의 교회 건물을 국제학생들의 기숙사로 제공하기도 하고, 여러 가지 필요한 물건들을 대여해주셨다. 나와 꽤 친하게 지내던 남학생이 목사님으로부터 중고 티비를 받게 되었다는 걸 알게 되었다. 이 친구는 고등학교를 갓 졸업하고 조건부 입학 과정을 듣는 학생이었다. 많은 교환학생들을 돌고 돈 그런 오래된 텔레비전이었고, 한 학기쯤 가지고 있다가 반납하면 되었다.

기숙사 방에 있을 때 티비를 늘 틀어놓고 본다면 영어 듣기에 많은 도움이 될 것 같았다. 1년만 여기에 있을 건데, 새 티비를 사기에도 부담스러운 게 사실이었다. 그래서 그 텔레비전을 나한테 주면 안 되냐고 졸랐다. 남학생은 조금 생각해보는 듯하더니, 손수 내 방에까지 티비를 가져다주었다. 딱히 그 남학생이 온다고 해서 방을 치우지는 않았다. 그 애가 티비를 책상에다가 올려놓고, 이번에는 티비 케이블을 연결하기 위해서 책상 밑으로 구부리고 들어갔다.

책상 아래에 쌓여 있는 내 머리카락이 눈에 들어오자 매우 불쾌해서 참을 수 없다는 표정으로 나를 쏘아 보면서 뭐라고 기분 나쁜 말을 했다. 그리고선 구부렸던 등을 펴고 일어나서 뒤를 돌더니 옷걸이에 가지런히 걸린 내 빛바랜 수건을 쳐다보았다. "설마 저 걸레를 수건으로 쓰는 거 아니지? 에이즈 걸리겠다." 나는 순간 내 귀를 의심했다. 그대로 선 자리에서 온몸이 얼어붙었고, 별다른 대처를 할 수 없었다.

나는 예상치 못한 이 공격에, 평범하게 흘러가지 않는 이런 상황에 정말 기가 막혀버렸고, '이거 수건 아니야. 걸레야'라고 우습지도 않은 그런 말로 빨리 불편한 상황을 끝내려 했다. 그 애가 내 방에서 나가고 나서, 온갖 부정적인 느낌들이 나를 완전히 뒤덮었다.

에이즈는 어떻게 걸리는 거지? 도대체 에이즈가 어떻게 하면 걸리는 건지 알고서 저 따위 말을 하는 건가. 완전 자기 입이 걸레면서 내가 매일 얼굴을 닦고, 머리를 말리는 수건이 왜 걸레야? 아니, 그리고 걸레가 무슨 죄야? 걸레는 걸레일 뿐이지. 저 수건의 색이 바래지고, 저렇게 물도 들었지만 깨끗하게 세탁해서 쓰는데 뭐가 문제지?

우리 집에서는 다들 그렇게 사용하고 있는데, 완전히 가족 전체가 모욕당한 기분이야. 그러면 기숙사에서 공용으로 사용하는 세탁기에 자기 빨래를 넣어서 돌리는 건 더럽지 않나?

다른 사람들의 빨래에서 떨어진 각질들이 자기 빨래에 다 버무려지는 거잖아. 그리고 내가 머리카락이 떨어지자마자 치우든, 일주일을 두고 생각날 때 치우든 그게 도대체 왜 자기가 화낼 일이지?

내 머리에 달려 있는 이 머리카락과 바닥에 떨어진 머리카락의 차이가 뭐야? 머리카락이 썩으면서 악취가 나는 것도 아니고. 여기는 완벽하게 내 사적인 공간인데, 자기와 나눠 써야 하는 곳도 아니잖아. 내가 자유롭게 물건을 널브러지게 놓고 쓰든, 각 잡아서 줄 세워놓고 쓰든 도대체 무슨 상관이야? 티비 따위 빌려주기 싫으면, 그냥 도로 가져가면 되는 일이잖아. 애초에 자기가 받기로 한 거니 자기가 쓸 거라 했다면 나로선 별 수 없는 일 아닌가. 그렇다고 내가 티비를 뺏어올 것도 아니고. 티비를 가져간 게 싫으면 안 주면 그만이고, 준다고 했다가 싫다고 하더라도 나는 화내지 않았을 거다. 아니, 그게 아니라 나한테 뭘 바란 건가? 맞네, 바란 거네. 자기가 온다고 하면 무슨 상감마마라도 납신 거처럼, 자기라는 손님맞이를 위해 내 방이 정리정돈 되어 있기라도 바란 거야 뭐야.

내 남자친구가 방문이라도 하듯이, 오기 전부터 설레서 내가 막 방을 치우고, 어떻게든 좋은 인상을 주려고 하는 그런 내 수고를 바란 건가. 넌 내 남자친구도 아니고 뭣도 아니잖아. 나한테 이성적인 관심이라도 있는 건가? 그렇지 않고서야 가만히 걸려 있는 내 수건을 보고 어떻게 그런 분노를 터뜨릴 수 있지?

내가 이성적으로 자기에게 전혀 관심이 없다는 걸 알아차린 순간, 분노와 실망감이 치밀어 올랐을지도 모르지. 전혀 내 쪽에서는 자기를 신경 쓰지 않는다는 걸. 설령, 나를 좋아한다고 해도, 그러지 말라고 내 쪽에서 거절의 말을 해야 할 정도로 마음을 표현한 적도 없잖아. 욱하는 마음이 감당도 안 되고, 되지도 않은 에이즈를 가져다 붙이는 건 자기가 어울려 다녔던 친구들 간에 자주 쓰는 말이라 서겠지.

싸이월드 미니홈피에 무수히 적힌 욕설들이 말해주듯이. 만약에 나와 걔를 아는 사람들이 이런 일을 알게 되면 뭐라고들 할까? 정말 어처구니없는 모욕적인 말이라고, 걔 그렇게 안 봤는데 안 되겠다, 라고 내 편을 들어줄까? 아니면 도대체 어떻게 더러우면 에이즈에 걸리겠다는 말이 나오는 거야 하고 말하기 좋은 소문거리가 될까. 어쩌면 앞뒤는 다 자르고 우수진 하면 에이즈라는 말이 꼬리표처럼 따라다닐지도 모른다. 나는 이 일이 사람들의 입에 오르내리지 않게 해야 한다고 생각했다.

교환학생이 끝났고, 한국에서 남은 학기를 모두 채워서 졸업했고, 고향으로 돌아왔다. 하지만 그 이후로도 바닥에 떨어진 머리카락을 보면 문득 문득, 아무 생각이 없다가도 수건걸이에 걸린 금방 색이 빠져버린 수건을 볼 때면 어이없게도 에이즈란 단어가 떠오른다. 어떻게 그렇게 어처구니없는 모욕적인 말을 들어야 했는가로 생각이 시작되고, 기분이 금세 나빠진다.

우리가 지금 보고 있는 세계는 과거의 기억으로 이루어져 있다는 말을 제대로 실감하면서 살고 있다. 바닥에 떨어진 현재의 머리카락이, 좀 바랬다 싶은 현재의 수건이 금세 나로 인해 과거로 돌아가 버리니까. 과거의 기억으로 현재의 수건을 바라본다. 이제는 옆에서 그런 모욕적인 말을 할 만한 사람이 아무도 없는데도, 내가 그 애 대신에 나에게 말해주고 있는 셈이다. 수건이 에이즈로 이어지는 방아쇠를 당겼다.

죽지 못해서 살고 싶다

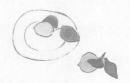

　나는 태어난 김에 산다. 정말로 태어났기 때문에 살고 있다. 사는 데 그렇게 큰 감흥을 느끼고 있지 않다. 아침에 눈을 뜰 때 오늘은 어떤 특별하고 재미있는 일이 나를 기다리고 있나 기대하지 않는다. 세상이 너무나 아름답고, 살면 살수록 이 세상이 얼마나 흥미로운 곳인가 그런 생각을 하지 않는다.

　재작년에 태어난 내 조카는 유독 너무 즐거운 시간을 보낼 날에는 잠들기 힘들다고 했다. 깨어 있는 시간이 너무 재미있어서 잠들기 싫어한다고. 34살인 나와는 참으로 대조되는 모습이다. 잠이 안 와서 이리 뒤척, 저리 뒤척거리기는 하는데,

지금이 가는 게 너무 아쉬워서 졸리는데 잠과 싸워가며 버티지 않는다.

때로는 내가 어찌 할 수 없는 인간관계의 갈등으로 괴롭고, 때로는 아무 일도 일어나지 않아서 지겹다. 내 세상은 그렇다. 즐거운 일이 있어도 그때뿐이고, 결과도 즐거울 지는 끝까지 가봐야 안다. 이루고자 하는 목표도 없고, 내가 왜 사는지도 모른다. 이유가 애초에 없는 것인지, 나만 모르는 것인지도 모른다.

이런 식으로 흘러가는 인생이라면 언제 끝나도 별로 이상할 것 같지 않다. 그렇다고 죽겠다는 것도 아니다. 그러면서도 나는 내가 죽을까 봐 몸을 사리기 때문이다. 운전할 때 웬만하면 덤프트럭이나 화물차와 멀찌감치 떨어져 차를 본다. 바다에 가서도 혹시라도 물에 빠져 죽을지도 모르니, 안전선이 쳐진 바깥으로는 절대 헤엄쳐 나가지 않는다.

횡단보도를 건널 때는 혹시라도 교통법규를 무시한 차가 나를 향해 돌진할지도 모르니, 눈을 크게 뜨고 좌우를 반드시 살핀다. 라돈 침대가 한창 떠들썩할 때는 직접 라돈 측정기를 사서 내가 사용하는 물건들을 모두 체크했다. 누군가 칼을 들고 나를 쫓아와 목 밑에 칼을 들이대고 나를 위협한다면, 나는 어떻게든지 살기 위해 빌 것이다. 제발 목숨만은 살려달라고 애원할 것이다. 물에 빠지면 나는 필사적으로 몸부림 칠 것이다. 침몰된 배 안에 갇히게 된다면, 손톱이 빠질 때까지 철문을 긁어댈 것이다. 이 살려고 하는 욕망은 어디에서 나오는 걸까?

내 남편은 나와 결혼하기 전에 조선소에 다녔다. 아침 7시 30분에 배에서 회의를 하려면 적어도 6시에는 일어나야 했다. 회사 정문을 통과해서 배까지 가려면 꽤 오랜 시간이 걸리기 때문이다. 그리고 끝없이 이어지는 일일일. 저녁 8시, 9시까지 회사에 남아 있는 날이 많았다. 그 후로 어김없이 이어지는 회식. 이미 회사일로 지친 몸은 술이 들어가자 더욱 만신창이가 되었다. 동료들과 이런 말을 입에 달고 살았다. "왜 사는지 모르겠다. 아이고, 죽겠다." 하지만 다음날 출근해보면 아무도 죽은 사람이 없었고, 다들 자기 자리에 앉아서 잘 살아 있었다.

남편과 남편의 직장 동료들은 왜 죽지 않았을까? 사라지고 싶을 때 사라질 수 있는 자유가 있지 않나. 스스로 죽으려면, 죽기 위해서 따르는 고통을 감수해야 한다. 옥상에서 뛰어내리기, 연탄가스, 목매달기, 손목 긋기 같은 것들은 모두 공포와 고통을 모두 끌어안아야 비로소 죽음을 내준다.

자살은 인간만이 할 수 있는 것도 아니다. 돌고래는 인간처럼 본능적으로 숨을 쉬지 않는다. 우리가 굶어 죽지 않기 위해서 밥을 차려먹듯이 숨쉬기를 의식적으로 해야 하는 동물이다. 그래서 돌고래는 숨을 의식적으로 참아서 자신의 목숨을 끊는다. 수족관에 갇힌 돌고래가 자살했다는 뉴스를 봤다. 돌고래는 인간의 순간적인 즐거움을 채우기 위해서 착취당한다. 돌고래는 죽어야지만 그곳에서 벗어날 수 있다.

자기 새끼를 가슴으로 세게 껴안아 숨통을 끊고, 자신도 벽으로 돌진해 머리를 깨고 죽어버린 곰의 이야기는 어떤가? 인간이 산 채로 어린 새끼 곰의 몸에 호수를 꽂아서 쓸개즙을 뽑고 있었고, 그것이 얼마나 고통스러운지 잘 아는 어미는 우리의 쇠창살을 부수고 새끼에게 달려갔다. 그리고 새끼도 죽이고 자신도 죽었다. 어쩌면 정말 죽음 말고는 해결책이 없는 급박한 상황에 놓여 있지 않아서, 내가 죽지 않고 살아가는 걸지도 모른다. 반드시 살아야 하는 이유도 없지만, 꼭 죽어야만 하는 이유도 없어서.

각티슈 뒤 은신처

내가 기간제교사로 근무할 때 교무실 책상 배치는 이렇게 되어 있었다. 세 개의 책상이 옆으로 나란히 있고, 맞은편에 똑같이 세 개 의 책상이 붙어 있다. 그러니까 총 여섯 개의 책상이 있는 것이고, 여섯 명의 교사가 같은 구획에 앉아 있는 것이다. 나는 이쪽 세 개의 책상 중 가운데 앉아 있고, H는 저쪽 세 개의 책 상 중 왼쪽 끝에 앉아 있다.

우리는 서로 마주보고 있지는 않지만 눈만 흘끗 돌리면 서로 눈을 마주칠 수 있다. 아침 조회시간에 또 교장이 특유의 손짓을 선보였다. 나는 그 손짓을 눈알을 굴려가며 따라했고,

그걸 눈치 챈 H가 '큽' 하고 웃음을 속으로 삼키면, 나도 덩달아 '큽' 하고 웃는다.

업무를 한다고 컴퓨터를 보고 있어도, 컴퓨터 양옆으로 왼쪽과 오른쪽의 사람이 시야에 들어온다. 그래도 전혀 불편함이 없다. 둘 다 수업이 없고, 뭔가 열중할 만한 업무가 딱히 없을 때 서로 눈짓을 보낸다. 고개를 살짝 들어 교사 휴게실로 가리키면 어김없이 커피 한 잔이다. 출근길에 산 빵이라든지 과자도 나누어 먹는다.

그런데 기간제교사와 정교사를 나누고, 기간제교사 길들이기를 교장이 선포한 이후부터 우리는 소원해졌다. 나는 이런 기간제교사 길들이기에 적극적으로 맞서야 한다고 주장했다. 지금이 불편하더라도 계약이 끝나기 전 며칠만이라도 인격적인 대우를 성취하게 되더라도 이 잘못된 인식을 개선해야 하고, 나 말고 다른 기간제교사들이 또 이런 부당한 대우를 당하는 일이 없어야 하는 게 맞다고 생각했다.

그런데 H는 달랐다. 그렇게 맞서면 반드시 괴롭힘이 더 거세질 것이며, 자신을 그렇게 부당한 대우를 받도록 내버려두고 싶지 않다는 것이었다. 그들이 어떤 마음으로 우리를 대하건, 어떻게 차별대우하건 그것보다 더한 대우를 당할 게 뻔하기 때문이다. 나는 지금을 편하게 지내고 싶다고 말하는 그녀를 이해할 수 있었다. 하지만 나의 생각과는 너무나 달랐다. 결국 자기도 기간제교사이면서 그리고 그들이 얼마나 부당하게 기간제교사를 대하는지 느끼고 경험했으면서, 그들이 더 거세게 노골적으로 나오면 더욱 불편해지는 게 싫어서 지금 아무것도 하지 않는다면 아무것도 달라지는 게 없을 것이다. 나 스스로를 그저 너희들이 생각하는 그런 기간제교사로 취급해달라는 뜻이 된다.

그래 뭐, 그런데 지금 이 난리 통에 힘들게 투쟁한다고, 아무것도 바뀌는 게 없을지도 모른다. 남은 계약기간 동안만 조금 불편하던 것이 많이 불편해지는 것이지. 하지만 난 그렇게 하지 않으면 두고두고 나를 원망할 것이다. 자기 목소리도 제대로 내지 않고 부당함을 부당하다고 말하지 않고, 가만히 있었던 나를 원망할 것이기 때문이다.

교장에게 찍힌 이후로 괜스레 교장은 보건실 순찰을 나왔다. 나는 영어교사임에도 학교에 보건교사가 따로 없어서 보건 업무를 맡았고, 보건실을 전체 총괄하고 운영했다. 이것저것 서류를 내놓으라고 하더니, 벽이 허전해 보이니 그림을 주문해서 걸라고 했다. 아침 조회시간이다. 나는 H가 앉아 있는 왼쪽으로 보지 않으려고 애를 썼다. 자연스럽게 펼쳐지는 시야를 차단하려고 했다.

업무할 때면 컴퓨터 왼쪽으로 보이는 사람의 모습이 신경 쓰이기 시작했다. 상대도 눈치로 보아 나와 같았다. 나는 각 티슈를 책장에 올려놓아 그녀를 완벽하게 내 시야에서 차단했다. 각 티슈가 올라가 있는 걸 몰랐다가 그녀가 내 쪽으로 우연찮게 시선을 돌렸을 때 각 티슈에 막혔다는 사실을 알아차렸다. 그 순간을 나도 느낄 수 있었다. 그리고는 서로 소원해진 관계를 잘 알고 있었음에도 그녀의 어이없고 거절당한 복잡한 마음이 바로 나에게 전해졌다.

내 쪽에서 각 티슈를 얹어 상대를 끊어낸 것이 아니라 시선에서 차단을 당한 것이니 기분이 나빴을 것이다. 그녀가 느꼈던 찰나의 감정을 포착했다고 생각하는 건 나의 환상일지도 모른다. 내가 느끼는 바로는 책장 위에 최초로 각 티슈를 목격하고 차단당했다는 것을 깨달은 감정은 나에게 선명하게 전달되었다. 참으로 아이러니하지 않은가. 같은 책상, 같은 배열, 같은 공간인 것은 변하지 않았는데, 서로 나누던 기분 좋은 시선이 불편해지는 일.

어쨌든 내 손바닥 한 뼘 정도 되는 각 티슈로 상대는 완벽하게 차단되었고, 나는 더 이상 불편하지 않았다. 그 사람이 거기에 있다는 건 전혀 변하지 않았는데도. 결국 나는 내가 재구성한 세계에 살고 있다. 나는 내 생각대로 세상을 보고, 보고 싶은 것만 본다.

나는 나를 모른다

철학과 수업에서 교수님이 과제를 주셨다. 남과 구별되는 자신만의 특별한 점을 알려달라. 일단, 나는 무엇 인가부터 생각해봤다. 남과 구별되는 특별한 점이 있는지. 지난 주에 받았던 성격검사 결과로 말해야 할까? 다른 사람에 대해서 실제론 정말 관심이 많고 따뜻한 시선을 품고 있지만, 겉으로는 남에게 무관심해 보인다. 내가 가진 따뜻함은 숨겨져 있어서 남의 눈에는 잘 보이지 않는다, 그런 거. 하지만 같은 결과지를 받은 사람이 전 세계적으로 본다면 엄청나게 많다. 그럼 남과 나는 무엇으로 구분되는지부터 다시 생각해보기로 했다. 서로 다른 몸을 가지고 있으니까 다르다고 해야 할까 아니면 서로 각자 다른 뇌를 가지고 있으니까 다르다고 해야 하나? 다른 사람들은 뭘 보고 나라는 사람을 인식할까? 나로서 내린 결론은 내 얼굴이다. 뒤통수나 옷을 입은 매무새, 다리의 길이 같은 신체적 특징으로는 확신을 가지고 '친구야'를 외치진 않는다. 얼굴을 쳐다보고 그 사람인 걸 확인해야 정확하다. 물론 얼굴은 완전히 다르게 바뀔 수도 있다.

갑작스런 사고로 화상을 입어서 나를 아는 사람들의 기억 속 얼굴과 완전히 달라질 수 있다. 하지만 하나둘씩 그 얼굴에 익숙해지고, 그때부터 그 얼굴은 사람들이 나를 알아차리는데 사용된다. 그렇다면 다른 사람들이 나를 알아보는 그 얼굴이 나인가? 끊임없이 생각하는 마음이나 뇌가 나인 것 같기도 하고, 내 몸이 나인 것 같기도 하다. 전 세계적으로 본다면 나와 같은 체형을 가진 사람은 얼마나 될까? 체지방을 얼마나 가지고 있느냐, 몸속에 얼마나 많은 미생물이 있느냐까지 일치할 수도 있을까?

작년에 나는 쯔쯔가무시에 걸려서 일주일 내내 온 몸에 항생제를 들이부었을 때는 장 속에 모든 유산균이 전멸했고, 요즘은 유산균을 매일 하나씩 복용해 그때보다는 유산균이 나의 장 속에 더 많이 살고 있는 게 확실하다.

몸이 진정한 나라고 할 수 없으면 목표의식이 나일까? 나는 무엇을 위해서 살아가고 있는지 어느 것에도 확신이 없다. 목표의식이 나라면 나는 목표가 없으니, 이 세상에 존재하지 않아야 한다. 그런데 나는 없어지지 않고 그래도 있다. 솔직히 왜 사냐고 물으면 별로 할 말이 없다. 갈등이나 비난을 피하기 위해서 살아가는 것 같기도 하고, 즐거움이나 소소한 만족을 위해서 살아가는 것 같기도 하다. 맛있는 음식을 실컷 먹고 재밌는 드라마를 볼 수 있는 여유를 위해서 사는 것 같기도 하다.

목표가 있어서 사는 것 같다가도, 언제 그런 목표가 있었지 까마득히 잊어버리기도 한다. 여러 가지 목표를 세웠다가도 몸이 아프면 제발 아픈 것만 나으면 더 바랄 게 없겠다고 마음이 기운다. 정말 무엇을 바라고 나는 무엇을 채우려고 살고 있나 잘 모르겠다. 그런데 목표라는 건 좀 재미있는 구석이 있다.

목표를 이루면 더 나은 내가 될 거라고 믿고 열심히 노력하지만, 막상 목표를 이루고도 전혀 만족감을 느끼지 못할 수도 있다. 한 번도 해본 적이 없는데도, 성취하면 당연히 좋을 거란 착각에 빠지게 하는 목표. 목표는 이루어봐야 알 수 있다. 나에게 좋은지 아닌지. 그런 알 수 없는 점에 내 지금을 아낌

없이 희생한다.

생전 처음 그리스로 해외여행을 가기 위해서 꽤 많은 대가를 치러야 했는데, 첫 번째가 몇 달 동안 일하면서 돈을 차곡차곡 모아야 했던 것이고, 두 번째가 여행 경로나 숙소, 비행기를 알아보느라 한참 동안 인터넷을 붙들고 있었던 것이다.

나는 유럽여행 준비로, 내가 할 수밖에 없는 귀찮은 일들을 꾸역꾸역 참아내면서, 책이나 텔레비전 프로그램에서 말하는 것처럼 이렇게 훌쩍 먼 나라로 떠나버리면 진짜 자신을 찾을 수 있다는 그 메시지에 홀려, 거기서 행복한 미소를 짓고 있을 나를 상상하며 마음이 한껏 들떠 있었다. 거기다 해외봉사활동이라니. 봉사활동을 하면 진정한 인생의 보람을 알 수 있다고 했다. 하지만 그리스 거북이 구조센터에서 보낸 여름은 내가 지금까지 보낸 여름 중 가장 최악의 여름이었다.

봉사활동을 중개한 업체에 250만 원 가량을 지불했다. 단순히 봉사활동을 신청하는 신청비가 그랬다. 알고 보니 직접 그리스 센터에 신청하면 30만 원 정도였다. 그리스 거북이 구조센터는 너무나 열악했다. 냉장고 속에는 죽은 거북이 사체가 들어차 있었고, 센터장이 제때 치우지 않아 썩어가는 사체도 마당 구석에 덩그러니 놓여 있었다.

바다에서 다쳐 구조된 거북이는 자기 몸만 한 고무통 속에서 언제 바다로 돌아간다는 기약 없이 몇 년을 지내고 있었다. 그리스의 이국적인 풍경에 '와…' 하는 탄성이 터지는 경우도 있었겠지만, 눈에 익숙해진 이후에는 발길을 돌릴 때마다 나는 똑같은 건축물이나 풍경에 별다른 감흥을 느끼지 못했다.

남들이 다 좋다고 하고, 유럽에 간다고 하면 주위에서 좋겠다고 하니까, 한 번도 가본 적은 없지만 가면 좋을 거라 믿었다. 이렇게 그 목표란 건 달성해봐야만 그게 나에게 좋을지 아닐지 알 수 있는 것이다. 목표를 위한 노력이란 건 그러고 보면 조금 우습다. 좋을지, 싫을지도 모르는 반반의 확률에 지금을 걸고 일단 노력하고 보는 것이니까. 결혼이라는 게 어떤 건지 잘은 모르지만 하려고 하고, 일정 액수의 재산을 모으면 나에게 어떤 일이 벌어질지 잘 모르지만 그걸 목표로 정한다. 나는 목표라는 허상을 좇는다.

한 치 앞도 모르면서

고등학교에 다닐 때는 개인 시간이란 것이 전혀 없었다. 작은 사각형의 교실에는 빽빽하게 책상들이 들어차 있고, 내가 사용하는 전용 면적이라곤 책상 하나만큼밖에 되지 않는다. 앞 쪽으로 자리를 배정받으면 뒤에 앉은 애한테 뒤로 가라고 채근해야 한다. 셋째, 넷째 줄에 앉은 애들이 칠판이 잘 안 보인다고 무리해서 앞으로 다닥다닥 책상을 당겨 붙이면, 쉬는 시간에 일어날 때는 아예 뒤에 책상을 밀고 나가야 할 지경이었다.

나는 읍내에 살았기 때문에 같은 고등학교에 다니는 애들과 함께 한 달 단위로 돈을 받고 실어 나르는 봉고차를 끊어서 타고 다녔다. 우리 집이 그 중에서도 가장 안쪽에 있어서 새벽 6시 30분에 차를 탈 수 있게 준비를 끝마쳐야 했다. 가족들이 모두 잠들었을 때 혼자 일어나서 나갔다가, 야간자율학습을 마치고 다시 별을 보고 들어오는 생활의 연속이었다.

어느 날 학교에서 생활기록부에 사용할 장래희망을 써내라고 했다. 야간자율학습을 땡땡이 치고, 시내에 놀러 나가는 길에도 장래희망을 뭘 써야 하나 생각에 빠져 있었다. 시내에 가려면 시장을 거치는데, 거기에서는 정말 많은 종류의 것들을 팔고 있다. 가게에서 장사를 하는 분도 있고, 가게 앞이나 길쪽에 가판을 내어놓고 장사하는 분들도 있는데, 문득 그런 생각이 들었다.

초등학교를 다닐 때 장래희망을 써내라고 하면 우리 반에 있는 모든 애들이 대부분 그럴싸한 직업들을 적어냈다. 공무원, 대통령, 외교관 같은 것들. 그렇다면 과연 여기 있는 생선가게 사장님은 학창시절에 장래희망으로 이 업종을 꿈꾸셨을까 궁금해졌다. 떡집가게 사장님은 고등학교에 다닐 때 장래희망을 떡집 오픈이라고 적었을까? 문구점 사장님은? 길을 걸으면서 들어오는 모든 간판과 사람들에 눈이 갔다. 버스 운전기사님은? 영어학원 차 운전기사님은? 떡볶이 사장님은? 신발가게 사장님은?

내가 어디서 와서 어디로 가는지도 모르겠고, 이렇게 하면 저렇게 될지 어떻게 될지 한 치 앞도 알 수가 없다. 화라고 생각한 일이 복이 되고, 복이라고 생각한 일이 화가 된다. 모르는 것에만 그치지 않고, 모든 것이 또 바쁘게 돌아간다. 아파트 청약 추첨이 고층으로 걸려서 좋아했더니, 맞은편에 새 아파트가 들어서더니만, 이 아파트에서 브랜드 로고에 경관 조명을 너무 밝게 새벽까지 켜놓는 통에 온 집안이 불을 꺼도 환하니 이게 스트레스가 되어 돌아오는 경우 같다고나 할까.

한 학기를 휴학하고 밥 먹고 자는 시간을 빼곤 개인적인 여가랄 것도 없이 토플 공부에만 매달려서 미국 교환학생에 선발되어 너무 기뻤다. 주위에서 친구들이 뭔가 대단해 보인다면서, 이미 성공을 이룬 사람을 보듯 대하니 말은 아니라고 하면서도 은근히 기분이 좋았다. 하지만 미국에 가서 내 인생에 손꼽힐 정도로 최악의 인간들을 만난 경험 때문에 한국에 돌아와서도 내내 그 기억으로 힘들었다. 또 교환학생으로 미국에 다녀왔다고 해서 대단히 삶의 질이나 사회적 위상이 딱히 변하지도 않았다. 다시 원래 학교로 돌아와 다른 학생들과 다를 바 없는 생활을 하면서 남은 학기를 마쳤다.

괜히 미국에 갔다 왔다고 후회한 날도 많았다. 하지만 또 시간이 지나서는 그게 성인들에게 영어를 가르칠 때 쓸 만한 이력이 되고, 본토에서 배운 실무적인 기술들이 지금의 커리어에 상당히 많은 도움이 되어서 '미국에 안 갔다 왔으면 어쩔 뻔 했어' 라고 할 때도 있었다. 뭐 한 가지 생각을 진득하게 가져본 적이 없다. 온갖 주변의 일들이 재빠르게 흘러가고, 마음이라는 의식조차 어디 한 군데 진득하게 머무르지 못하고 허겁지겁이다.

생각나는 대로 닥치는 대로 살다가도, 이러면 안 되지 반성도 했다가, 또 그 반성은 어느새 흔적도 없이 잊어버리고, 남들이 가는 대로 나도 가고 있다. 그때그때 일어나는 상황에 나를 맞춰서 시시각각 변하는 환경에 적응하면서.

죽음에 대해서

죽음이 언제 나에게 올지 알고 싶다. 어떤 방식으로 내 목숨을 거두고, 어떻게 내가 죽게 될 것인지 궁금하다. 왜냐하면 나로선 언제 이 생을 끝마칠 수 있는지 알 길이 없기 때문이다. 보통 인간의 수명은 80세다. 요즘은 100세 시대라고 해서 100세까지 보장이 되는 보험이 기본이다. 이렇게 평균 수명에 가늠해서 나는 대략 80세까지 살 거라고 예상하며 살아간다.

내가 나를 먹여 살려야 하는 데 드는 비용, 그리고 자식이 태어나면 나 스스로를 먹여 살리는 비용에 더해서 그 자식을 부양하는 데 드는 비용, 그리고 노인이 되어 생산력이 떨어진

나를 노동 없이 먹여 살리는 데 드는 비용을 생각하면서 일한
다. 언제까지고 일정한 수입이 나에게는 필요하고, 일하는 것
을 멈출 수 없다. 그런데 만약 내년이나 내후년쯤 죽는다면,
나는 지금까지 모은 돈으로 일하지 않고 족히 생활이 가능하
다. 일뿐만이 아니라 여러 가지 면에서 지금 내 삶은 달라질
것이다.

　내년에 죽는다면 강아지를 키울 생각조차 하지 않았을 거
다. 결혼보다 연애를, 혹은 연애조차 하지 않았을지 도 모른다.
지금 살고 있는 집을 대출을 껴서 구입하지도 않았을 거다. 나
중을 대비해서 꼬박꼬박 챙겨 바르는 아이크림이나 영양크림
도 사지 않았을 것이다.

　나는 나의 죽음에 대해서 아는 바가 하나도 없다. 별 특별한
사건이 없는 한 남들처럼 살다가 가겠거니 짐작만 하고 있다.
그런데 가끔 죽음에 대해서 다르게 생각해보기도 한다. 죽음
은 인간의 살고자 하는 욕망과 가장 가까이에 있지 않은가. 그
렇기에 죽음은 제멋대로 사전 예고도 없이 언제든 한번은 자
기가 원하는 시간에 나를 찾을 수 있다.

　내 유전자 속에는 살고자 하는 욕망이 각인되어 있다. 그렇
지 않다면 언제든 인생이 허무하고 지겹고 따분하면 스스로

죽음을 불러와서 이 인생을 끝낼지도 모른다. 죽은 뒤에 나는 어디로 갈까? 내가 다시 환생할까? 혹은 몸이 죽으면 영혼도 동시에 죽는 건가? 아니면 남은 영혼이 완전히 다른 차원으로 갈까? 그 해답을 죽음은 알고 있겠지.

운전을 하면서 숨진 강아지나 고양이들의 사체를 가끔씩 본다. 차도를 건너 어디론가 가려고 했을 가여운 동물들. 너무 미안해서 (내가 차를 편하고 빠르게 몰고 다닐 수 있게, 국가에서 닦아준 도로가 아닌가) 운전대를 잡고 잠시 숙연해지지만, 결국 내 목적지를 향해서 차를 몰아가는 내 자신이 조금은 부끄럽기도 하다.

부모님 집은 한적한 시골집이다. 부모님 집에 잠깐 강아지를 데리러 가는 길이었다. 바로 강아지만 챙겨서 나오는데, 도로 한복판에 커다란 고양이가 죽어 있었다. 가는 길에는 보이지 않았는데, 방금 전에 사고를 당한 것 같았다. 순간적으로 핸들을 꺾어 그것을 피하고선 40분가량 차를 몰아 집에 도착했다. 운전하는 내내 마음이 쓰였는데, 집에 와서도 마음이 가라앉지 않았다.

혹시 살아 있다면 어떻게 되는 걸까? 지금이 고양이를 살릴 수 있는 골든타임인데 내가 허비하고 있는 거면 어떡하지? 그런데 그렇게 해서 살아난다 해도 큰 장애를 가지고 살아가거나, 몸이 제 기능을 하지 못할 텐데 과연 의미가 있을까? 나한테는 책임지고 먹여살려야 하는 강아지도 한 마리 있어서 고양이 한 마리를 더 데리고 와 평생 키울 수 있는 여력이 안 되는데.

그러나 어찌되었든 다시 차를 몰아 고양이에게로 갔다. 밤새 찜찜하게 침대에서 뒤척거리는 거 보다 한번 다녀오는 게 더 나을 거라고 생각했다. 대학에 수업을 들으러 갔다가 시간표를 착각했다는 걸 알고 허탕치고 돌아왔을 때도 왕복 50여 분이 걸렸다. 그렇게 아무 의미도 없는 일에는 세수하고, 외출복을 입고선 운전을 50분 넘게 했단 말이다. 그러니 고양이를 위해서 그 정도는 쓸 수 있지 않을까 생각했다. 결국 고양이는 죽어 있었고, (다행히도 고양이는 죽어 있었다라고 해야 할까) 다시 지나다니는 차에 사체가 훼손되지 않도록 땅으로 옮겨두었다.

그런데 문득 궁금해진다. 죽은 사체에 대한 가여움은 어디까지 해당하는가? 몸의 형체가 온전하게 그대로 죽은 사체, 몸이 분리되어 내장이나 장기가 튀어나와 있는 사체, 얼굴이 짓이겨지고, 몸이 납작하게 도로에 거의 붙어 있는 사체. 나는 여기까지는 핸들을 돌려 차바퀴로 그 몸을 밟지 않으려고 애쓴다. 아이고, 어떡해, 저런, 이라는 의성어가 자동으로 입 밖으로 튀어나온다.

도로에서 죽은 지 오래되어 햇빛에 바짝 말라 까맣게 바닥에 들러붙어 있고 어느 동물이었다는 것만 대강 추측할 수 있는 사체, 이제는 이게 새였는지 개구리였는지도 모를 정도로 3분의 2는 어딘가로 흩어져버리고 작고 검은 딱딱한 어떤 것만 남은 또 다른 사체. 나는 아무런 감정 없이 그 위를 태연하게 지나가버린다.

만일에 죽고 다시 태어나는 환생이 정말 모든 사람들에게 적용되는 일반적인 규칙이라면 어떨까? 사실, 불교의 최종 목표는 다시 태어나지 않는 것이다. 불교에서는 깨달음을 얻으면, 다시 태어나지 않아도 되는 축복을 받게 된다. 죽고 다시 태어나는 다람쥐 쳇바퀴 같은 인생은 인간에게 고통을 줄 뿐이라 여긴다. 철학과에서 불교에 대해 공부하면서 내가 지금까지 불교를 오해하고 있었다는 것을 깨달았다. 내 주위에 많은 불교 신자들이 돌아가신 분들에게 다시 사람으로, 좋은 집에서 태어나라고 빌어주는 것을 많이 보다 보니 불교는 환생을 장려하는 종교인 줄 알았다. 정작 불교에서는 다시 태어나지 않는 게 해탈에 이르고 영생하는 길이라고 말한다.

　인간을 육체라는 감방에서 탈출시키는 게 불교의 목표라니 놀라웠다. 어쨌든 우리는 보통 좋은 곳에 가서 다시 태어나라고 타인의 명복을 빌면서도 제사를 지낸다. 우리가 돌아가신 분의 사진을 올리고, 그 영혼을 불러들여 제사상을 한 상 차려내는 것이 무슨 의미가 있을까? 남아있는 가족의 바람대로 이미 새롭게 태어나 다른 육체에 묶인 영혼은 제사에 참석할 수가 없다. 그러면 당연히 누가 나에게 제사를 지내주고 있다는 건 상상조차 할 수 없을 것이다.

　누가 나를 놓고 제사 지내고 있다고 생각하니, 썩 기분이 좋지만은 않다. 좋은 곳에 가서 다시 태어나라고 빌어주면서도, 아직도 환생하지 못하고 영혼으로 있다고 봐서 제사 지내는 마음은 무엇인가? 죽음에 대해서 이런저런 궁금한 것들이 많아도, 이 모든 것에 대해서 죽음은 틀렸다거나 맞다거나 어떤 대답도 해주지 않는다. 나는 죽어봐야 죽음을 알 수 있을 텐데, 죽는 순간에 답을 찾은들 어떤 기록도 남길 시간이 없을 것이다.

　그리고 내가 지금 나의 이전 죽음에 대해서 아무것도 기억하지 못하듯이 만약 다시 태어난다면 또 아무것도 기억하지

못할 테지. 어떻게든 살아보려고 발버둥 치니까 죽음이 대단
해 보이는 거 아닌가. 지금 당장 죽어도 좋다면, 죽는다는 건
별 것도 아닐 텐데.

2장

평균을 벗어나지 못하는
보통 인간

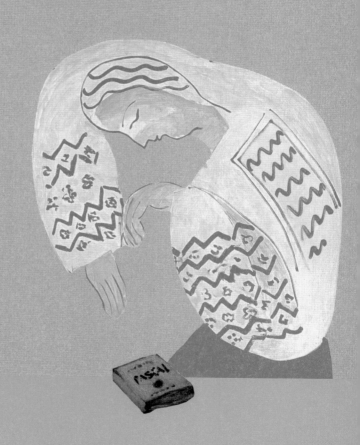

보통 인간

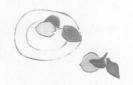

나는 34살에 난생 처음으로 런던에 가봤다. 단순한 여행은 아니었고, 일주일동안 드라마스쿨에서 보이스트레이닝을 받았다. 여기서 훈련을 한창 진행할 때는 단전에 힘을 주고 소리를 썼더니 정말로 울림이 있는 소리가 나왔다. 영국인 선생님도 신나서 나에게 폭풍칭찬을 해주셨다.

"평상시 네가 비음을 많이 섞어서 말하잖아. 조금 수줍고 어린아이 같은 연약한 말투거든. 물론 그건 아시아 여자니까, 문화적인 면도 작용을 했을 거야." 이번에는 정말 좋았다고 칭찬을 극대화시키기 위해서 단점을 지적했다. 단점에 대한 지적

또한 내 탓이라기보다는 나의 문화적 배경 탓일 거라 친절하게 덧붙이셨다. 방금 보여준 연기는 자신감 있고, 강한데다 안정적인 대사 처리였다고 나에게 말할 때 선생님은 이를 활짝 드러내고 흥분이 채 가라앉지 않은 상태였다.

하지만 그런 칭찬에도 나는 기분이 상해버렸다. 내 낯빛은 어두워졌고, 성적 불평등은 세계적인 문제라며 한마디하고, 자리를 피했다. 칭찬하려던 의도였던 것을 잘 안다. 하지만 아시아 여자? 아시아 여자가 어떻다는 거지? 내 감정을 직시하고 제대로 표현할 줄도 모르고, 그저 사회가 요구하는 대로, 화가 나도 화를 억누르는 그런 여자를 말하는 건가?

화를 낼 만한 상황에서도 여자가 화를 내면 여성스럽지 못하다는 비난을 받을까 두려워하면서. 여성스러운 말투와 여성스러운 행동을 기대하는 사회가 갑갑하면서도, 그걸 온통 껴안은 채로 살아가는 그런 사람이 나라는 건가? 내 나이가 34살인데, 나이에 걸맞지 않은 어린애 같은 소리로 말하고 있고, 그게 아시아 여자라서라니.

하지만 성차별은 세계적인 문제 아닌가. 영국에서도 크리스마스디너를 차리는 일은 모두 여자의 몫이다. 여성의 사회 진출에 대한 보이지 않는 유리벽 같은 것들은 세계적으로 존재

한다. 남녀 관계에서 으레 여성 쪽에 강요되는 집안일과 육아
는 단지 한국만의 문제는 아니다.

만일 내가 영국 사람인데 목소리에 비음을 섞어가면서 수
줍고 조용한 말투로 말했다면, 이 영국 선생님은 아마도 다른
것에서 이유를 찾았을 것이다. 내가 한국 사람이니 자신이 가
진 동양 여자에 대한 선입견을 가지고 아시아 문화를 그 이유
로 찾은 거겠지. 자신이 티비나 영화에서 봐온 소극적인 아시
아 여자들에 대한 선입견이 자기도 모르게 차별적인 언어를
쓰게 했을지도 모른다.

런던에 일주일 머무른 뒤에는 파리에서 일주일을 머물렀다.
내가 파리에 와보니, 다리 밑이나 지하철역, 시내 길거리, 건물
기둥 할 것 없이 오줌 지린내가 났다. 파리는 공중화장실이 귀
하다. 길거리 화장실도 유료인데다, 지하철이나 공원에서 화
장실을 찾아보기 힘들었다.

노숙인들이 오줌은 급한데 해결할 데는 없고 그래서 길거
리 아무데나 기둥이 있는 곳에 소변을 보는 건가 싶었다. 그리
고 언젠가 유튜브에서 똥을 집어 던지는 동영상을 본 적도 있
는 터라 이런 생각은 더욱 굳어졌다.

한 사람이 식당에 들어가서 화장실을 좀 쓰자고 했는데 주

인이 싫다고 하니까 그 앞에서 바지를 내려 똥을 싸고, 그 똥을 손에 한 웅큼 쥐고 집어던지는 영상이었다. 그래서 아, 유럽은 다들 화장실 인심이 짜다고 생각하게 되었다. 이 영상 하나로 말이다.

한번은 루브르박물관 근처에서 관광을 하고 있다가, 남편이 화장실이 너무 급하다고 해서 난처했던 적이 있다. 근처 스타벅스에는 화장실이 한 칸인데, 그날따라 엄청나게 긴 줄이 서 있었다. 근처 튈르리 공원에는 공중화장실도 없다. 그리고 지하철에서도 화장실을 본 적이 없다. 그래서 아픈 배를 부여잡고 지하철을 타고 숙소로 돌아가서 볼일을 해결했다. 알고 보면 파리가 우리나라보다 훨씬 후진국이라면서.

그런데 사실 우리나라도 카페 같은 곳에 화장실만 사용하러 잘 들어가진 않는다. 사람이 많이 오가는 큰 체인점이 아니고서야 커피숍에 가서 화장실만 보고 나오면 뒤통수가 민망해진다. 실제로 알고 보니 튈르리 공원에도 화장실이 있었고, 숙박하는 집에서 오는 길에 본 길거리 한 칸짜리 화장실도 유료가 아니라 무료였다. 프랑스 친구 말로는 어느 식당이든 들어가서 화장실만 좀 쓰면 안 되겠느냐고 부탁하면 대부분 흔쾌히 허락한다는 것이었다. 만약에 거절한다면 그 식당 주인이

별로 친절하지 않은 것이라면서.

　그렇게 영국 선생님한테 기분 나쁘다 기분 나쁘다 하며, 나에 대해서 잘 알지도 못하면서 그런 소리를 해대는 거냐며 기분 나빠했던 내가 떠올랐다. 내가 고작 파리에 일주일을 머무르면서 파리를 알면 얼마나 안다고, 한국 사람들과 신나게 파리 화장실을 깎아내린 건가. 오해를 받으면 기분나빠하면서, 쉽게 다른 사람을 오해한다. 나도 거기서 거기인 그냥 보통 인간이다. 사이코패스, 소시오패스를 제외한 나머지 인간들은 평균을 벗어나지 못한다. 다 똑같다. 거기서 거기다.

샤워 중 소변 논쟁이
불러온 생각

A: 이거는 털털한 게 아니라 정말 답 없는 거 아닌가요?

B: 그냥 진짜 더럽다.

C: 유럽연합은 물 절약을 위해서 샤워할 때 소변보는 거 권장해요.

D: 샤워하면서 굳이 변기 가서 처리할 필요 있나요? 그냥 샤워하면서 보면 되지.

E: 아, 오줌이 내 몸을 타고 흘러내리는 거 상상했어.

F: 수영장도 아니고 자기 집에서 싸는 건데 뭐.

이효리가 샤워 중 신호가 오면, 소변을 본다고 예능에서 말한 게 화제가 되어 신문기사까지 난 걸로 기억한다. 참, 별것도 다 화제가 되는 세상이다. 어쨌거나 소변이라는 것에 대해 다시금 새롭게 한 번 더 생각해본다. 소변은 변기에서 눠야 한다는 고정관념이 우리에게 박혀 있다. 그래서 소변기가 아닌 곳에서 소변을 보는 것을 비정상으로 간주한다.

하지만, 실제로 갓 배출된 소변은 눈물, 콧물, 침보다 훨씬 깨끗하고, 신장에서 독소를 모두 걸러내어 깨끗한 물과 같아 피부에 닿아도 상관없다. 그리고 샤워 중이므로, 몸에 묻은 소변은 물로 금방 씻겨 내려간다.

미국 뉴미디어매체 MIC는 50일 동안 샤워하는 도중에 소변을 누면 휴지 한 롤을 아낄 수 있다고 발표했다. 우리는 왜 소변을 눈물보다 더럽다고 인지하게 되었을까? 흐르는 눈물은 손으로 거리낌 없이 닦을 수 있고, 어떨 땐 가까운 사람의 눈물을 닦아주기도 한다. 어떻게 하다가 소변은 더럽다는 오해를 받게 되었을까?

다시 말하면, 어떻게 나는 소변이 눈물보다 더럽고, 손으로 만지기도 싫다는 생각을 하게 되었을까? 아무 생각 없이 시작한 건 이런 믿음 말고도 더 있다. 그건 바로 내가 브래지어를 착용하기 시작한 시점이라고 할 수 있다.

나는 처음 브래지어를 착용한 날을 기억한다. 엄마와 내가 이불을 뒤집어쓰고 서로 마주보고 앉았는데 엄마가 나에게 브래지어를 입혀주었다. 처음 목줄을 찬 강아지가 이런 느낌이 아닐까 싶었다. 너무나 갑갑해서 가슴을 짓누르는 브래지어를 벗어버리고 싶었다. 하지만 나는 그것을 순순히 받아들였다. 그 시절의 나에게 브래지어는 선택지가 아니었다. 그냥 받아들여야 하는 당연한 기본 값이었다.

하지만 지금은 브래지어를 선택지로 두려는 움직임이 활발히 일어나고 있다. 답답한 보정속옷에서 여성의 몸을 해방시키자는 움직임이다. 노브라는 현재 두 가지 시선을 받는다. 한 가지는 예의 없는 행동 혹은 노출증 환자이고, 두 번째는 유방암 예방에도 좋고 가슴을 해방하고 자연스러운 일이라는 것이다.

이런 논쟁 중 내가 어느 입장인가를 말하려는 바는 아니다. 내가 중요하게 보는 건 아무 생각 없이 브래지어를 입어야 한다고 하니까 입으면서, 그걸 그래야만 한다고 받아들였다는 점이다. 나는 내 인생을 가지고 아무런 고민 없이 당연하게 초등학교가 끝나면 중학교에 가는 거라고 받아들였다. 중학교를 졸업하고 어떤 고등학교에 갈까는 고민했지만, 고등학교를 가야 하는 것 자체에 대해서는 한 번도 고민해본 적이 없다.

우리가 별다른 고민 없이 그런가보다 하는 것들이 또 있다. 잘못 알려졌지만 바로 잡히지 않고, 지금도 사실인양 받아들여지는 것들이다. 마이클 잭슨은 피부가 하얗게 변하는 백반증을 앓았다. 하지만 아직도 그가 백인이 되고 싶어서 전신을 성형했다고 알고 있는 사람들이 많다.

타조는 멍청해서 위험한 상황에 처하면 머리만 숨기고선 적이 자기를 보지 못한다고 착각한다는 이야기가 흔히 통용된다. 이런 타조를 빗대어 타조 원칙이나 타조 효과 같은 전문용어를 만들어냈다. 하지만 이건 사실이 아니다.

동물학자들에 의하면, 타조는 모래에 얕은 구멍을 파서 알을 보관한다. 하루에도 몇 번씩 알을 굴려주기 위해서 부리를 모래에 넣어 알을 뒤적거린다. 그냥 단순히 멀리서는 덩치 큰 새가 아주 작은 머리를 머릿속에 처박고 있는 것처럼 보일 수 있다. 혹은 땅에 난 풀을 뜯을 때, 조금 떨어져서 보면 타조의 큰 몸과 긴 목 때문에 마치 얼굴이 땅에 묻힌 것처럼 보인다는 것이다.

여러 가지 이유로 사람들은 타조를 오해하고 타조를 머리만 숨기는 멍청한 동물로 알고 있다. 또한 소크라테스에 대한 오해도 있다. 그는 '악법도 법이다'라는 말을 한 적이 없다. 2004년 대한민국 헌법재판소는 소크라테스가 '악법도 법이다'라고 말했다고 잘못 써진 교과서를 고치라고 요청한 일도 있다.

운전석에 앉아서
고개를 까딱거리니까

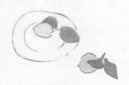

　남편은 운전을 할 때, 졸리면 세우라는 말을 자주 듣는다. 우리 엄마한테도 여러 번, 시동생한테도 여러 번, 그리고 오늘은 나에게, 졸리면 내가 운전할 테니까 바꾸자는 말을 들었다. 나는 보조석에 앉아서 스마트폰을 만지작거리고 있었지만, 운전석에 앉은 사람이 머리를 끄덕끄덕 거리는 걸 옆 눈으로 보고나니 깜짝 놀랐다. 아, 이거 사고가 나는 거 아냐, 저 사람 잠들었잖아, 라는 생각부터 퍼뜩 스쳐갔다.

　남편은 운전하는 중에 마치 조는 사람처럼 목을 통통 튕기면서 스트레칭을 잘한다. 예전부터 뒷좌석에 앉은 사람들한테 제발, 졸리면 옆에 세워서 좀 쉬었다 가자, 라며 종종 오해를 받아왔다. 그걸 뻔히 잘 알고 있는 나인데도, 끄덕거리는 머리 움직임을 보고선, 자동적으로 이건 자는 게 틀림없다고 결론으로 한달음에 달려가 버리다니 우습다.

오이 밭에서는 신발 끈도 고쳐 매지 말라는 말이 있다. 그런데 어쩐지 이 말은 나에게 이런 식으로 들린다. 원래 이 말이 교훈을 주고자 했던 의도는 오해 받을 행동을 애초에 하지 말라는 것인데, 오이 밭이든, 사과나무 밭이든 농작물을 훔치지도 않았는데 신발 끈을 고쳐 매었다는 이유로 범인으로 몰리는 건 너무나 억울한 일이잖아.

한편으로는, 인간이 과거의 기억으로 현재를 판단하고, 자신의 오감에 갇혀 지금을 있는 그대로 보지 못한다는 것을 잘 보여주는 말인 것 같다. 신발을 고쳐 매는 몸의 매무새가 마치 오이를 따고 있는 것처럼 보이는 것은, 오이를 딸 때 어떤 모습인지 예전에 봐두고 기억한 것이 있기 때문이다. 그리고 오이 밭에 외부인이 들어와 그 가운데 하릴없이 허리를 숙이고 있을 이유가 오이서리 말고는 떠오르지 않는 것이다. 하지만 실제 그 사람의 손에 신발 끈이 쥐어져 있는지, 오이가 쥐어져 있는지 제대로 확인해봐야 도둑인지 행인인지 알 수 있다.

아파트 민원

꼼짝없이 강의실에 앉아서 수업을 듣고 있자니, 내 머릿속은 온통 '안전매트, 나무, 관리사무소, 우리가 나무를 더 심었다고 생각하다니 어처구니없음'을 헤맸다. 수업 내용은 전혀 머릿속에 들어오지 않았다. 몸은 강의실에 있고, 눈도 교수님을 보고 있고, 귀가 열려 있는데도 나는 거기에 없었다. 머리가 지끈거리고, 물만 마셔도 체할 것같이 먹은 것도 없는데 속이 더부룩했다.

나는 과거에만 잘 쏘다니는 줄 알았는데, 최근에 일어난 사소한 일에도 정신이 잘 팔린다는 것을 어제 또 한 번 깨달았다. 그 전날만 하더라도 미세먼지가 없는 날씨에 신이 나서 강아지를 데리고 아파트를 산책하며 5월의 선선한 분위기를 만끽했다. 잔나비의 노래를 틀어놓고 아름다운 가사를 음미하면서 잡념이란 것은 나에게 원래 없었던 것처럼 산책했다.

그런데 다음날 아침 자고 일어나서 전화 한 통을 받았다. 관리사무소에서 걸려온 전화였다. "공기안전매트… 추가 식재… 건설사… 거실 창… 아파트 앱." 전후 사정없이 대뜸 들리는 문장들이 전혀 연결이 되지 않았다. 무슨 말인지 이해가 되지 않았다. 어쨌든 건설사에 집 앞 화단에 나무를 더 심어달라고 요청한 적이 없다고 말하고 전화를 끊었다. 아파트 앱에 들어가 보니 같은 동 주민이 올린 글이 떡 하니 있다.

'301동 4호 라인은 공기안전매트 설치할 공간이 없이 빼곡하게 나무를 심어놓았네요. 공기안전매트 설치할 수 있는 공간 확보 부탁드립니다. 사전 점검 때 없었던 매실나무와 단풍나무를 왜 심었는지 이해가 안 가네요. 원래는 공기안전매트 설치 공간이 있었지만 어느 순간 나무를 추가 식재하면서 설치 공간이 사라졌네요. 관리사무소 확인 후 답변 바랍니다.'

이 분이 이런 민원을 제기해서 관리사무소에서 나에게 전화를 걸어 건설사에 나무를 추가로 더 심어달라고 한 거냐고 물었다는 걸 알게 되니 화가 머리끝까지 올랐다. 지금 살고 있는 아파트에 거실이며 방이며 할 거 없이 온 바닥이 수평이나 수직이 맞지 않아서 중대하자를 신청해놓았는데 전혀 처리가 되지 않고 있다. 나무 식재를 더 해달라고 요청한 적도 없을 뿐더러 중대하자 바닥공사도 작년부터 미루고 있는 건설사가 식재를 더 요청한다고 해줄 리도 만무하다.

자기 집 앞만 건설사에 압박 넣어서 식재를 더해서 안전매트 공간도 못 만들게 한 사람인지 나에게 물은 게 아닌가. 어떻게 그렇게 생각부터 할 수 있는 건지 도무지 납득이 되지 않았다. 그 길로 당장 밖에 나가서 다른 동의 화단을 확인해보았다. 그 민원을 제기한 사람이나 관리사무소나 당장 301동이나 302동만 비교해도 몇 그루의 나무가 심어져 있는지 화단의 넓이나 안전매트 공간이 확보되는지 확인해보면 될 것을 도대체 뭘 하고 있는 건지 답답해졌다.

302동보다 301동의 화단 공간이 확연하게 좁았다. 딱 보니까 화단 공간이 턱없이 부족해서 그렇다고 설계상 심어야 하는 나무를 안 심을 수도 없고, 그래서 안전매트 공간이 나오지 않은 것이다. 안전매트 공간이 있었다가 없어진 게 아니라 원래부터 없었다.

아파트 공용부 하자를 우리 집에 전화해서 뭘 어쩌자는 것
인지. 그리고 건설사에 추가 식재를 요청한 게 아니라면 앞에
있는 나무를 뽑아서 안전매트 공간을 만들어도 이의가 없냐는
질문은 무엇이며. 나무가 없어서 앞이 훤히 드러나 보이면 없
던 민원이 당연히 생기지 않겠냐고 되물었다.

살아보니 내가 좀
심했나, 쪽이 나아요

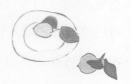

내가 조금 심했나? 어쨌든 강아지 산책한다고 데리고 나와서 똥을 안 치우는 견주가 있는 건 사실이야. 그래서 누구든 강아지를 데리고 다니면 당부를 할 수 있기는 하지. 일종의 캠페인같이 말이야. 하지만 너무 마음이 상해서 이대로 가만히 있을 수가 없었잖아. 그 당시로는 소수자라서 박해라도 당하는 마음씩이나 들 정도로.

그런데 따지고 보면, 내가 뭐 욕한 것도 아니고, 내 생각을 있는 그대로 이쪽의 주장이 뭔지 정확하게 밝혔을 뿐인데. 그게 심하고 말고가 어디 있어? 교양 있는 말투로 나에게 훈계

65

했던 중년의 여사님과 경비 아저씨께서 내 게시글을 읽었는지 아닌지 모르지만, 아주 속이 시원해지고 개똥에 대해서 깃털처럼 가벼워졌다.

푸르지오 아파트 입주민 카페

제목: 강아지 데리고 다니면 무슨 낙인이라도 찍혔나요?

작성자: 301동 우수진

푸르지오 내에서 만나는 남자 입주민에게 누구라도 마주치면 '담배꽁초 버리지 말아주세요'라고 훈계할 수 있나요? 제가 강아지와 산책하느라 아파트를 돌아다니다 보면, 항상 담배를 피우고 있는 사람은 남자였거든요.

아이 손잡고 가는 학부형이 있으면 '요즘 아동 학대가 심각한데, 아이 때리시는 거 아니죠?'라고 물어도 되나요? 그냥 아파트에서 마주치는 사람한테 쓰레기 버리지 말라, 불법 주차하지 말라고 말하나요?

오늘 강아지랑 산책하는데 한 분이 다가오셔서 개랑 산책하실 때는… 이라고 시작하는데, 결과적으로 개똥을 잘 치우라는 당부였어요. 저 항상 일회용봉투 챙겨 다니면서 배설물 가져옵니다. 주머니에 일회용봉투도 들고 있었는데 보여드렸고요.

지난번에는 손에 똥이 든 봉투를 들고 있는데도 경비아저씨가 개똥 잘 치우라고 하시더라고요. 두 분 다 말투는 나이스 하셨는데 그래도 기분이 안 좋네요. 제가 저 위에 쓴 대로 담배 피지 마라, 아동 학대하지 말라고 말하면서 태도만 나긋나긋하다고 기분 좋으실 분은 없을 것 같네요. 말은 안 해도, 이상한 시선으로 보시는 분들도 있고, 이미 그분들 시선에는 제가 개똥도 안 치우고 다니는 몰상식한 사람입니다. 상호간의 예의를 좀 지켜 주셨으면 좋겠네요. 저한테 다가와서 말씀하시는 분들 때문에 반려견 키우는 사람으로서 한 번씩 심리적으로 죄인 아닌 죄인이 되는 경우가 생기네요.

댓글 (1)

301동 정태우: 오늘 아침 푸르지오네요…. 개똥이 사람 다니는 길에…. 지인이 보고 아파트 그레이드 떨어지게 인도에 똥이 있다고. ㅜㅜ (개똥 사진 첨부)

　301동 우수진: 네, 보기 안 좋네요. 저렇게 안 치우고 다니는 분이

랑 저는 아는 사이도 아니고 저는 저렇게 한 적이 없습니다. 강아지 키운다는 이유로 절 모르면서 다가와서 똥 처리 잘하라고 이런 이야기하시는 분들 주의해주세요. 기분 나빠요. 관리실에 똥 치워달라고 이야기하세요. 저걸 우리가 치워야 될 건 아니잖아요. 아니면 CCTV 돌려 찾아내는 것도 방법일 것 같네요. 무단으로 대형 쓰레기 버리고 도망가시는 분들 CCTV로 확인한다고 관리실에서 붙여 놨던데요. 개똥은 어차피 인건비를 지불하는 돈으로 청소하는 거겠지만, 저런 쓰레기는 스티커 붙여서 돈을 써야 하니까 우리 주머니에서 따로 또 돈이 나가는 거겠죠.

댓글 (2)

208동 신아름: 토닥토닥토닥. 17년 푸들 키우는 애견인입니다. 왠지 모를 쳐다봄에 익숙해져 있지만…. 이쁘다고 다가오는 애보고 저거 더럽다고 병균덩어리라고 하는 사람도 있었어요. 그 집 애도 더러우니 씻겨주라고 싸운 적 있네요. 참 힘드네요.

301동 우수진: 아이 있는 데서 그런 교양 없는 말을 하다니요. 그 아이는 강아지를 혐오하면서 자라도록 키워지는 거죠. 그 집 아이도 씻겨주라는 말이라도 들어야 이쪽의 심정이 어떤지 조금이라도 느낄 사람 같네요. 멀쩡한 남의 강아지한테 병균덩어리라뇨.

아동 학대하지 말라고 훈계하겠다는 말은 아주 세 보인다. 그런데 강아지와 산책을 하다가, 삼삼오오 몰려가는 무리들이 내 이야기를 하는 걸 들었다. 아니, 강아지… 아동 학대하지 마세요, 할 거라네. 참나…. 그분들이 나누는 대화를 얼핏 들으니까 내가 올린 게시글에 대한 이야기가 확실하다.

나는 일견 기분이 썩 좋아졌다. 내 글이 그래도 통하긴 통했나 보다 하고. 강아지를 키우지도 않고, 개똥이 너무 보기 싫은 사람들이, 반려견을 키우는 사람들이 어떤 마음인가 조금은 전달이 되었다는 것 아닌가. 그게 호감을 불러일으켰든 비호감을 불러일으켰든, 이쪽에는 이쪽의 입장이 있다는 것을 알게 된 것이다. 나는 항상 개똥 봉투를 챙겨서 다닌다. 나갈 때마다 똥을 누는 건 아니라서, 주머니에 항상 비닐봉지가 들어있다.

우리 집은 세탁기를 돌리면 항상 물 위로 비닐봉지가 둥둥 떠 있다. 그런데 어떤 날, 부산에서 늦게까지 강의를 하고, 거기서 한 시간이 넘는 거리에 있는 친정집에 들러 강아지를 찾아오면 벌써 새벽 한 시였다. 지하 주차장은 이미 만차였고, 상가 주차장에 차를 대면 집까지 좀 걸어야 한다.

비몽사몽간에 강아지 줄을 붙잡고 가방을 둘러매고 가는데,

이 녀석이 빙글빙글 돌면서 아파트 풀밭에 똥을 눠버렸다. 손이 들어갈 수 있는 곳은 모두 다 쑤셔보았지만 비닐봉지는 없었고, 주위에 지나다니는 사람도 한 명도 없었다. 아무도 보는 사람은 없지만, 난처하고 민망한 낯빛을 하고선, 얼른 강아지를 데리고 집으로 도망쳐 들어왔다.

다음날 아침에 치우면 되겠지, 라고 생각하고선, 다음날에 또 다른 생각들이 이 똥 치우기라는 해야 할 일을 밀쳐버렸다. (나로서는 이렇게밖에 설명할 수가 없다. 정말 어디로 사라졌는지 진짜 없어져버린 것 같았기에) 결과적으로, 입주민 카페에 올렸던 게시글을 지워야 하나 고민도 했지만, 그냥 두기로 했다.

연인을, 배우자를
잘 안다는 착각

　사랑은 은유에서 시작한다. 남들에겐 아무것도 아닌 평범한
순간이 나에게는 대단한 일로 둔갑하는 요술 같은 은유. 밀란
쿤데라의 소설《참을 수 없는 존재의 가벼움》에 그 순간이 잘
드러난다.

　이 여자에게서 저 여자에게로 쉽게 옮겨가며, 게다가 유능
한 의사로 새털처럼 가볍게 살아가는 토마시였지만 테레자에
게 운명적인 사랑을 느낀 그 순간, 테레자에게 점령당한다. 테
레자는 한 순간에 그에게서 모든 여자들을 지워버리고 토마시
를 매료시키고 감동시킨다. 몇 번 본 적도 없는 테레자가 자신

의 집에 쓰러져 독감으로 끙끙 앓아누웠을 때, 토마시는 테레자가 송진으로 방수된 바구니에 담겨 강물에 버려진 아기라고 생각했다.

자신이 강물에서 그 바구니를 꺼내어 당장 안아 올려 보살펴주지 않으면 금방 죽어버릴 너무나도 연약하고 순수한 존재. 전혀 상관도 없는 테레자와 아기를 같은 것으로 보는 것이 바로 은유다. 그냥 흘러가 버릴 보통의 순간이었다면 남자는 조바심이 났을지도 모른다. 여기에 이 낯선 여자가 눌러앉으면 어떡하지, 제때에 병원 치료를 받지 못해서 여기서 죽어버리면 내가 장례까지 다 치러야 하는 독박을 쓰게 되는 거 아냐? 아프다는 핑계로 내 집에 머무르면서 나에게 빌붙어 살려고 하면 어쩌지? 혹은 오늘은 이 여자가 너무 아파서 정신을 못 차리니 잘 돌보고 내일 날이 밝는 대로 보내야겠다 같은 것들.

아니면 하필 우리 집에 와서 몸져눕다니 참 이런 경우는 처음이라 당황스럽네 따위. 하지만 토마시는 자기만의 환상을 만들어낸다. 그녀의 머리에서 열이 나는 바람에 그녀를 돌려보낼 수 없었고, 그녀의 머리맡에 앉아서 불현 듯 그 여자가 바구니 속에 담겨 내려온 아기로 본 것이다. 그리고 그 아기는 그에게 보내어졌다고 믿었다.

영화 〈봄날은 간다〉에서 두 남녀 주인공은 서로를 시적 은유로 아로새기고, 서로에게 주체할 수 없을 정도로 빠져든다. 연애의 시작은 사랑의 환상으로 가득 차 있었지만, 그 끝은 시적이지 못했다. 결혼하자는 남자에게 부담을 느낀 여자는 그를 떠난다. 여자는 이미 한 번 결혼에 실패한 경험이 있었고, 결혼에 대한 부담이 있었기 때문이다. 갑작스런 이별에 큰 상처를 받은 남자. 그렇게 시간이 지나고 그의 할머니가 돌아가신다.

남자는 할머니와 너무나 각별한 사이였기에 큰 슬픔에 빠진다. 그 즈음 여자는 남자를 다시 찾아오고 다시 시작하고 싶어 한다. 할머니가 돌아가셨다는 것도 모르는 여자는 남자에게 할머니 드리라며 화분을 건네지만 남자는 받지 않는다. 만약 여기서 남자가 시적 은유로 자신만의 환상을 불어넣어 이 상황을 해석했다면, 그들은 아마 다시 만났을 것이다.

할머니가 가고, 나에게 운명이 다시 이 여자를 보내주었다고 시적으로 해석했다면 다시 사랑이 시작되었을 것이다. 갑자기 다시 나타난 그 여자를 본 순간, 그 여자 뒤로 후광이 비치고, 모든 순간이 일시정지된 것같이 느꼈더라면, 이마 앞으로 내려온 머리카락 한 올도 허투로 보이지 않았다면 다시 그녀와 시작했을 것이다.

이 경우는 그냥 남자가 여자에게 반할 마음이 전혀 없는 거다. 그 반한다는 것은 나 때문일까 상대 때문일까? 그건 나에게서 나온 것이 분명하다. 그렇지 않고, 그게 상대에게서 왔다고 치자. 그럼 그 사람은 누구든 만나기만하면 반하게 만드는 사람이고, 그를 만나는 여자는 모두 반해야 한다.

하지만 그렇지 않다. 같은 그룹에 있는 여자들은 반하지 않았는데 나만 직관적으로 사랑을 느낀 것이다. 이런 직관적인 사랑은, 시적 은유로 가슴에 아로새겨져 강력한 힘이 있다. 내가 거역할 수 없는 무언가에 의해 내 모든 것이 송두리째 상대에게 빠진 것과 같은 느낌을 느낀다. 내 의지와 상관없이 그렇게 되어버린 것이다.

독일의 심리치료 전문의 위르크 빌리는 설문조사를 진행했다. 첫눈에 반한 사랑이 결혼으로 이어지면 어떻게 되는가를 밝히기 위한 것이었다. 첫 만남에서 강력한 사랑을 느낀 커플과 시간을 두고 서로 괜찮다고 생각이 들어 연애로 발전해 결혼까지 한 커플에 큰 차이가 없었다.

결혼 생활에서 파트너에게 얼마나 행복이나 만족을 느끼는

지도 비슷했다. 이 결과에 대해서 나는 이렇게 생각한다. 첫눈에 반해서 순식간에 결혼해버리든, 처음에는 별로였지만 차근차근 알아가면서 오랜 연애 끝에 결혼하든, 아니면 첫눈에 반하고 연애도 오래하든지 간에 어차피 그 커플은 서로를 모른다는 것이다.

내가 이럴 것이라 판단하는 사람과 실제 그 사람은 다른 것이다. 상대의 행동과 말투 혹은 그 사람이 진짜 했던 말이나 평상시 입에 달고 사는 말들로, 이 사람이 나를 어떻게 보고 있는지 알아차리고, 그런 기대에 부응하기 위해서 은연중에 역할놀이를 하고 있을지도 모른다. 상대가 보는 자기가 진짜 자기라고 착각에 빠지기는 정말 쉽다. 인간의 인식은 불완전하기 때문에 누군가를 알아갈 때 선입견이나 경험이 들어갈 수밖에 없다.

태어나서 지금까지 한 순간도 빠짐없이 함께한 나도 나를 잘 모르겠는데, 상대에 대해서 안다고 생각하는 것은 허상이다. 처음에는 콩깍지가 씌어서 내 맘대로 그 사람에 대한 환상을 만들고 같이 살다보면 그 환상이 깨어진다. 어디까지 서로에게 요구할 수 있고 맞출 수 있는지 오랜 협상기간을 거친다. 이때 사사건건 말다툼을 제일 많이 한다. 하지만 상대는 내가 모르는 사람이라고 인정하는 것이 너무 어렵지 않나. 어떻게 낯선 사람과 한 침대에 누워 잠을 자고, 한 집에서 생활할 수 있을까 싶다. 그래, 나는 절대로 상대를 안다고 할 수 없어, 라고 머리로는 인정이 된다 하더라도 말이다.

잘 안다고 생각해야 안심하고 살 수 있기 때문에 우리 뇌는 착각을 계속 만들어내는 것 같다. 눈 가리고 아옹 한다는 말이 있다. 아옹은 고양이가 우는 소리를 따라했다는 말도 있다. 어떤 사람이 눈을 가리고 자기가 고양이인양 '아옹' 하고 운다고, 사람들이 어, 너 고양이였어?라고 하지는 않는다.

하지만 사전을 더 찾아보니까, 아옹은 아기랑 놀아줄 때 쓰는 '까꿍'이란 뜻도 있다. 아빠가 손으로 얼굴을 다 숨겼다가 갑자기 손을 치우면서 '까꿍'이라고 말하면, 사라진 줄 알았던 아빠가 다시 나타나니까 아기는 너무 좋아서 까르르 웃는다. 또, 엄비투향이란 말이 있다. 이 말은 코를 막고 향수를 훔친다는 뜻이다. 자기 코를 틀어막아 자기가 냄새를 못 맡으면 그 향기는 이 세상에 없는 것과 같아서 다른 사람들도 향기를 못 맡을 거라고 착각한다는 것이다. 온통 사방팔방으로 향기가 퍼져 지나치는 사람들 모두 다 그 냄새를 맡고 자기를 쳐다보는데 자기만 냄새가 나는 줄 모른다.

내가 상대를 잘 안다고 생각하든, 아니면 뼛속까지 다 안다고 생각하든 둘 다 중요하지 않다. 그냥 잘 안다는 착각과 절대로 상대를 알 수 없다는 진리가 있을 뿐이다. 사람의 인지 능력은 너무 한정적이고 상대적이다. 거기에다 자기가 보고 싶은 것만 골라보고 자기가 본 것을 자기 식으로 해석한다. 이 글을 쓰면서 계속 이 가사가 떠올라서 적어본다.

　　"네가 나를 모르는데, 난들 너를 알겠느냐. 한치 앞도 모두 몰라 다 안다면 재미없지."

강의실에 앉아서 하는 공상

나는 34살이다. 정확하게 말하면 1986년에 태어났다. 나는 항상 나이 계산에 서툴러서 현재의 연도에다가 1986년을 뺀 다음에 거기다가 1년을 더 더해야 하나 아닌가, 그대론가를 고민한다. 하여튼 34살에 대학교에 다시 와보니 생각보다 너무 좋다. 내가 누군가를 가르치면서 가졌던 부담감일랑 벗어버리고, 가르쳐주는 대로 받아들이기만 하면 되는 게 참으로 좋구나.

사실 내가 잘하고 못하고는 내가 책임지면 그만이지만, 내가 잘하면서 동시에 남도 잘하게 만들어야 하는 게 여간 까다로운 일이 아니다. 나를 잘하게 만드는 것도 힘들지만, 남을 잘하게 만드는 것은 몇 배로 더 힘들다. 하지만 이제 배우는 입장이 되고 보니, 교수님이 정해준 스케줄대로, 교수님이 정해준 교재로, 교수님이 연구해온 방식대로, 교수님이 수업을 이끌어나가니 참으로 편한 것이다.

그러면서 또 한편으로는 내가 수업하는 동안 나는 시간이 어떻게 가는 줄 몰랐기에, 과연 내 강의가 지루할 틈이라곤 요만치도 없이 아주 학생들의 혼을 빼놓는 매력적인 것이 아니냐며 가끔씩 자만한 적이 있었는데, 1시간 30분을 남이 떠드는 것을 오롯이 들어주는 게 정말 힘들다는 것을 깨달았다. 가만히 잠자코 다른 사람이 쉴 새 없이 쏟아내는 말들을 그냥 계속해서 받아들이기만 한다는 게 대단한 에너지를 필요로 한다.

그동안 수업할 때 시간이 쏜살같다고 느낀 것은 내가 마이크를 잡고 혼자 신나서 떠드는 역할이기 때문일 수도 있겠다는 생각이 든다. 이번에 철학과로 대학에 편입했는데, '성과 사랑의 철학'이라는 과목을 듣고 있다. 같이 수업을 듣는 친구들 얼굴이 정말 앳되고 마치 고등학생같이 느껴진다. 내가 옛날에 대학교 1학년일 때, 이 친구들이랑 같은 또래일 때는 전혀 그런 생각을 해본 적이 없는 것 같다. '성과 사랑의 철학'은 교양 수업이라서 특히 1학년과 2학년 학생들이 많다.

집에서 아무 생각 없이 인스타그램을 보고 있는데, 인스타 친구 추천에 예전 내가 가르쳤던 6학년 학생이 떠서 들어가 보았다. 내가 처음 우리 동네에 작은 공간을 빌려 영어 교습소를 열고, 처음으로 받았던 꼬맹이 학생이었다. 벌써 대학교 2학년이 되어 있었다. 내가 수업을 들으러 가면 만나는 그 친구들과 같은 나이다.

이 수업 시간에는 옆이나 앞에 앉은 사람들끼리 서로 토론을 많이 하는데, 만약에 내가 가르쳤던 6학년 친구와 같이 수업을 듣는다면 어떨까 하는 공상을 해본다. 지난 번 토론에서 한 남학생이 '그렇게 크게 생각해서 거기까지 나갈 필요는 없는 것 같은데'라고 내 생각의 오류가 될 수도 있는 것에 대해 언급을 했다. 내가 6학년 학생을 가르칠 때는 선생님과 학생이라는 관계의 결이 분명히 있었다. 사적인 이야기든 가르치는 내용이든 그 학생은 적극적으로 받아들이는 입장이었고, 거의 내가 하는 모든 말이 다 맞는다는 분위기로 흘러갔다.

그 친구가 자기 생각이나 이야기를 하면 한 귀로 듣고 한 귀로 흘렸던 것 같다. 어린이가 하는 말이지 하고 대수롭지 않게 받았던 것이다. 그런데 이제 내가 다시 대학에 와서 그 학생과 같은 수업을 듣고, 교수님이 내주는 토론 주제에 대해서 서로 동등한 입장에서 토론을 한다면 완벽한 동급이 아닌가. 내가 가르쳤던 학생과 내가, 같은 대학에서 같은 수업을 듣는 학생의 입장이 되면 완벽하게 동급이 맞다.

3장
자기 확신도 없는
의심덩어리가 될 때

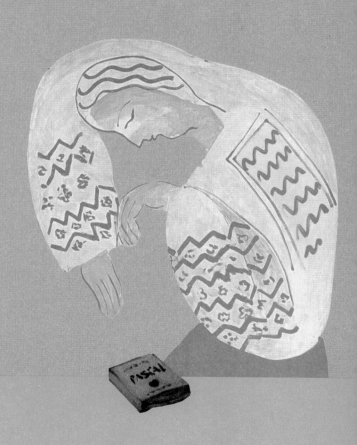

그건 네 생각이고

　나는 실 근무일수가 60일을 넘지 않는 조건의 계약으로 거제공업고등학교에서 영어 기간제교사로 근무한 적이 있다. 교무부장의 옷차림은 진짜 일본 사람보다 일본 사람 같았다. 일본식으로 치면 사무라이 옷이라고 할까, 그렇다고 정통 사무라이 옷도 아닌 그런 계량한복 느낌의 옷을 즐겨 입었다. 나는 일본어 교사인 교무부장 밑에서 학교 전체 시간표를 짜고 관리하는 업무를 맡았다. 교사는 자기가 가르치는 과목을 담당하면서도 행정적인 업무도 맡아 같이 진행한다.

　계약이 완전히 끝나고 나서, 교무부장과 얼굴을 붉히는 일이 있었다. 교무부장은 이렇게 생각했다. '이건 나의 권위에 도전하고 담임으로서의 내 명예를 실추시킨 일이다.' 계약 마지막 날 몇몇 학생들은 문제가 될 만한 버릇없는 행동을 했다. 교무부장이 담임인 반이었다. 며칠 뒤에 학교의 선도부장과 상담을 했고, 그 학생들을 선도위원회에 회부시켰다. 학교의 절차는 선도위원회에 교사가 학생들을 회부시키면, 선도부장이 서류를 접수받고 담임교사와 그 학생들에게 알리도록 되어 있다.

선도부장에게 이런저런 이야기를 전달받고 화가 난 (무례한 행동을 한 학생들에게가 아니라 나에게) 교무부장은 진상을 조사한답시고, 자기반 학생들을 모아놓고 '거지와 대통령이 있으면 누구라도 함부로 대하지 말고 똑같이 대하라'고 훈계했다. 기간제교사이고 계약 마지막 날이라 이 학생들이 더 함부로 행동한 것이 아닌가 하는 내 말에 보란 듯이 교무부장이 말했다.

'아무리 거지와 대통령이 있더라도 똑같이 대하라고 내가 교육했다.' 그 말은 매우 모욕적으로 느껴졌다. 정교사와 기간제교사는 하등의 다를 것 없는 업무와 수업을 맡는다. 나는 모두가 기피하는 업무를 맡았다. 정교사가 거지라면 기간제교사도 거지일 것이고, 정교사가 대통령이라면 기간제교사도 대통령이다. 그리고 교무부장은 이런 말을 덧붙였다. '사람 좋게 봤는데 이런 식으로 뒤통수를 칠 수 있나. 나한테 먼저 말했더라면 선도위원회에 가지 않고 모든 일을 바로 잡을 수 있었다.'

선도위원회는 문제 행동을 하는 아이들을 선도하는 곳이지 집행유예나 징역선고를 내리는 법원이 아니다. 선도위원회에서도 제대로 사실 관계 파악도 하지 않고, 학생과 나를 앉혀놓고 계속 평행선을 달리는 실랑이만 벌이도록 만들었다. 교무부장은 자기가 당한 모욕을 되갚아주기라도 하듯 '선생님이 수업시간에 어떻게 했기에 아이들이 그렇게 행동한 건지도 알 필요가 있다'라고 말했다.

교무부장, 교감, 선도부장 모두 똘똘 뭉쳐서 쪼개기 계약으로 내가 성과급조차 받지 못하게 된 데 대한 앙심을 품고 자기들을 괴롭힌다는 식으로 말했다. 그 순간 면접 후 합격 통보를 받고 일을 시작하기 며칠 전에 갑작스런 연락을 받은 일이 생각났다. 계약 기간을 며칠 줄이자는 것이었다. 그때는 그게 무슨 뜻인지 몰랐는데, 알고 보니 그 며칠로 인해서 성과급 지급 대상에서 제외되었다.

출산 휴가를 쓴 교사는 며칠을 더 일해서 내가 모르는 수당을 더 챙겼다. 선도위원회 이후 해당 반에 설문조사를 실시했고, 내가 말한 것들이 사실로 드러났지만, 학생들에게는 어떠한 처벌도 내리지 않고 사건이 흐지부지 끝나버렸다. 그 교무부장은 어떻게 거지와 대통령을 *끄*집어냈을까? 도대체 어디에서 그런 발상을 하고, 그걸 나와 해당 학생들에게 말하는 행동으로까지 옮기게 되었을까? 왜 내가 자신을 골탕 먹이기 위해서 이 모든 일을 꾸몄다고 하는가? 감각과 느낌은 100% 믿고 신뢰할 만한 것인가? 자기가 보고 듣고 느끼고 경험한 좁은 것 안에서 자신의 선입견으로 판단한다.

판단은 자의적 해석과 그에 따르는 감정, 둘 중 하나다. '무시당했다'는 건 자의적 해석이다. '억울하다'는 감정이다. '너는 내 영역을 침범했다'는 자의적 해석이다. '나는 무능감을 느낀다'는 감정이다. '선도위원회가 진행되는 내내 찝찝했다'는 감정이다. '내가 계속 저자세를 취하지 않으면 판결에 불이익을 당할 것 같다'는 자의적 해석이다. '어쩐지 마음이 먹먹하고 가슴이 답답했다'는 감정이다. 우리가 판단하지 않고 무언가를 편견 없이 바라볼 수 있을까? 이런 판단에 대해서 생각하자니, 몇 가지가 떠오른다.

'요즘 누가 새 차에 내비게이션을 매립하니. 휴대전화가 짱

이야.' 대학 때 정말 친하게 지냈던 언니를 보려고, 그 언니가 사는 곳까지 차를 몰고 갔다. 차로 2시간 거리였지만, 오랜만이라 너무 반가웠다. 그런데 언니는 차에 타자마자 내비게이션 옵션 선택에 대해서 평가를 시작했다. 이건 내 선택이 어리석다는 조롱처럼 느껴졌다. 사실 이 차는 내가 엄마한테 사준 차고, 엄마에게 그 당시 스마트폰은 그냥 전화기였다. 전화를 걸고 받는 용도로만 쓸 줄 알았다. 차량 내비게이션이 좀 더 편할 거라는 배려에서 풀옵션을 선택했다. 경차지만 가장 좋은 옵션을 해주고 싶었고, 내비는 같이 딸려 있는 것이기도 했다. 안 그래도 내비게이션에 대해서 안 좋은 소리를 한 번 들었는데, 이 놈의 내비가 갑자기 힘을 못 내고, 계속 경로를 재탐색하고선 영 길을 찾아줄 생각을 하지 않는다.

그동안 이런 적이 없어서 더 당황스러웠다. 이 차로는 처음 방문해본 도시라, 내비가 경로를 계속 못 찾고 응답이 느린 건가하고 잘 모르지만 대충 그렇게 생각했다. 처음 와 본 곳이라 연결이 잘 안 되는 것 같다고 겸연쩍게 언니에게 말하자, 언니는 웃으면서 '내비는 새로운 길, 한 번도 안 가본 길을 안내해주는 게 내비야'로 응수했다.

언니의 웃음은 코웃음이라는 생각이 들었고, 나는 기분이 나빠졌다. 듣고 보니 그 말도 맞기는 맞는데, '네 말은 아주 터무니없고, 허무맹랑하고 얼토당토않구나. 이 기본 중의 기본도 모르는 것아. 내비가 뭔지도 모르면서 내비를 쓰고 있니'라고 말하는 것 같았다.

어쩌나 이 생각이란 게 빛의 속도로 쏜살같이 머릿속에 박히는지, 아주 짧은 시간에 많은 판단이 만들어졌다. 이게 맞는지 틀리는지 모르지만 나도 생각이 있었다. 이 차는 이 길이 처음이므로 하늘 어딘가에 떠 있는 수신기와 처음 접속이 매끄럽지 않을 수도 있으니까. 처음이라 송수신이 매끄럽지 않은 단순한 문제일 수 있단 뜻이라고 부연 설명을 하지 않고 입을 꾹 다물어버렸다. 그리고는 더 많은 생각들로 이어졌다. 이전에는 나를 이렇게 대하지 않았는데 왜 이렇게 됐지? 나에게 꽤 상냥했고, 내가 하는 말을 주의 깊게 들어주었고, 고민이 있을 때면 나와 상의하고 고맙다는 말을 잊지 않았었다.

하지만 최근 들어 내가 지나간 일들을 후회하면서, 똑같은 걸 가지고 계속 징징거렸던 것이 문제인가? 이제 좀 그만할 때도 되지 않았냐는 태도를 보인 것 같기도 하다. 아니면 이제는 완전히 달라진 상황 때문에 딱히 필요성이나 소중함이란 게 크지 않아서일지도 모른다. 각자 다른 지역에 떨어져 살고 있으며, 서로에게 일어난 시시콜콜한 일들은 자주 만나는 다른 친구들과 나눈다. 이미 나 혼자서 땅땅땅 판사봉을 내리치고, '그래 맞아 통과통과'를 한참동안 했다.

수업시간에 스마트폰을 만지고 있는 학생을 보면 앞에서 강의하는 교수님은 어떤 판단을 할까? 생각이나 느낌을 내려놓고 단순히 그 상황을 있는 그대로 보는 경우는 이렇다. '아, 저 학생은 지금 내가 불교의 연기설에 대해서 설명을 시작한 순간에 스마트폰을 가방에서 몰래 꺼내어 화면을 손가락 몇 개로 톡톡 두들기고 있다.' 그리고 따라붙어야 하는 것은 '왜 그럴까? 하지만 그 답을 나는 알 수가 없다'가 아닐까. 그러나 감정은 느닷없이 나를 먼저 꺾어버리기 일쑤이지 않나.

내 수업이 형편없어서라는 말을 먼저 내놓는다. 그 학생이 스마트폰 중독이라거나 한시라도 연락을 하지 않으면 안달 내는 남자친구가 있다거나 아무 생각 없이 습관처럼 스마트폰을 보기 때문에 주의 환기만 주면 재빠르게 전화기를 치울 수 있는 학생이라거나 이런 식의 여러 가지 가능성은 모두 날아가 버린다. 그 사람에게 묻지 않고서는 그 사람의 동기를 정확하게 알 수는 없다. 물론 그 사람조차도 그 동기를 상황에 따라서 그때의 감정에 따라서 만들어내기도 한다. 내가 왜 그렇게 했을까 차근차근 추적해 보지 않으면 내 행동에 대한 이유를 깨닫지 못할 때도 많다.

그 이유에 대한 힌트라도 받을 수 있을까 하고 TA심리검사를 받았다. 나의 겉모습(OK gram)과 속마음(Ego gram)에 대해서 알아볼 수 있는 인생 태도에 대한 검사다. 나는 부모에게서 받은 교육과 7세까지의 아동기에 가진 생각들을 그대로 사용하고 있다고 했다. 나는 이 두 가지로 현재를 살아가고 있는 셈이다.

검사 결과를 그래프로 나타내었을 때, 어른 자아가 삿갓 모양이 되도록 결과가 나오면 좋은데, 그렇지 않아 성인이 돼서 만들어놓은 판단의 근거가 많이 없단다. 업데이트도 되지 않은 낡은 지도로 내가 지금 길 위에 서 있는 건가? 그런가보다 하고 일견 받아들이다가도 '글쎄 잘 모르겠어'라는 생각도 든다.

어쨌든 오래된 지도를 들고 길을 찾아나서는 건 별로 좋지 않지. 몇 달 전까지만 해도 없던 속도 단속기가 달려 있고, 터널을 뚫고 다리를 놓아 새로운 길이 만들어지는데 말이다. 매클린톡 박사는 옥수수의 전이성 유전자를 발견해 노벨상을 수상했다. 그녀는 옥수수가 싹이 나서 자라는 과정을 한순간도 빠짐없이 관찰했기 때문에 자신있게 그 옥수수를 안다고 말할 수 있다고 했다. 그것처럼 인생이란 건 매 순간 관찰자가 되어서 모든 것을 빠짐없이 관찰해야지 그제야 조금 안다고 말할 수 있지 않을까?

실제 내 성격

30대에 대학교에 돌아가니 새로운 게 있다. 학교 홈페이지 말고도 학교 학생들만 사용하는 홈페이지가 또 있다는 것. 예전에 내가 대학교에 다닐 때 이런 게 있었나 잘 생각이 나지 않는다. 아니, 확실히 없었다. 각 수업 커뮤니티도 따로 없어서 교수님이 다음 포털사이트에 카페를 개설하고 초대를 하면 수업 자료를 다운 받곤 했다. 아예 수업 카페를 개설하지 않는 교수님도 많았다.

정기 주차권을 신청하는 데도 애를 좀 먹었다. 여기저기 들어가 보다 인재개발원에서 성격 검사를 진행하는 것을 알게 되었다. 2시 45분에 수업을 마치고, 동백관을 티맵으로 검색해봐도 나오지가 않았다. 안내 메시지가 온 번호로 전화를 걸어 위치를 물었다. 그런데 전화 너머로 상담사가 "- 오면 되지. 어, - 뒤쪽이야." 반말을 한다. 그래, 뭐 주로 20대 초반의 학생들을 만나니까 습관이 됐겠거니, 라고 이해한다.

에고그램 성격 검사는 결과가 조금 복잡했다. 겉모습 지수와 속마음 지수가 있고, 또 부정성을 나타내는 지수가 있다. 양육적인 부모 항목인 NP(Nurturing Parent)의 경우, 수치가 높으면 과 보호적이고 헌신적인 사람이며, 반대로 수치가 낮으면 방임적이고 냉담한 사람이다. 보통 사람들의 평균 점수가 34인데 나의 겉모습 지수는 25가 나왔다. 그런데 속마음이 평균을 훌쩍 넘은 41이 나왔다. 상대에게 애정과 관심을 겉으로 보이는 것보다 많이 가지고 있다는 결과다. 부정성은 12.5를 넘지 않아서 겉으로 상대에게 별로 관심이 없어 보이는 행동이 냉혈한이나 비인간적으로 느껴지지는 않다고 한다.

그래서 나는 상담사에게 이런 말을 했다. '제가 다른 사람들에게 보일 때 별로 따뜻하게 보이지 않는다는 걸 알아서인지, 아주 따뜻함과 자상함과 부드러움이 겉으로 물씬 드러나는 사람들에게 끌리고 친해지고 싶었어요. 그런데 막상 친해지고 보면 계산적이거나 그 행동만큼 속이 따뜻하지 않은 경우 실망하게 될 때가 있었어요. 그건 아마도 나의 따뜻함이 41이라서 그것보다 상대가 낮으면 그렇게 되는 게 아닐까요?'

그러자 상담사는 이렇게 말했다. '그건 본인의 생각이지. 본인의 속마음이 이렇게 나왔다고 해서 실제로 본인이 이만큼 따뜻하다는 뜻은 아니야. 본인 주위 사람들이 잘 알겠지. 얼마만큼 따뜻하다고 느꼈을지.' 나는 멋쩍은 웃음을 짓게 되었다. '아, 그렇죠.' 차를 몰아 집으로 오는 길에 생각했다. 그렇다면 실제 내 따뜻함의 지수는 어디쯤에 있는가? 다른 사람이 보는 나의 겉모습도 내가 문항을 읽고 체크해서 나온 결과이고, 내 속마음이란 것도 내가 체크한 문항에서 나온 결과다. 그동안 태어나서 지금까지의 모든 일을 함께하고 누구보다도 24시간 밀착해서 나와 함께 있었던 내가 평가한 나의 결과는 실제의 나인가?

내가 나를 그렇다는데, 그게 실제의 나와 다를 수 있다. 그렇다면 실제의 나는 허상인가? 나를 주위에서 지켜봐온 사람들 중에 나의 실제 모습을 알아차릴 수 있는 사람이 과연 있기나 할까? 얼마나 오랜 기간 동안 알고 지냈으며, 그리고 친교의 깊이는 어떠했는가를 기준으로 삼아야 하나. 내가 인지한 나와 다른 사람이 인지한 나가 있을 뿐 진짜 나라는 건 애초에 없는 것일지도 모른다.

첫 상담 후에

내가 다니는 대학교에서는 학업에 지치고, 취업하는 데 용기가 필요한 학생들을 위해서 무료 심리 검사와 학생 상담을 진행하고 있었다. 밖에 나가서 받으려면 꽤 많은 비용을 지불해야 하는데, 전문 상담사분이 학교 센터에 상주하고 있는데다가 온라인으로 쉽게 신청할 수 있어서 이번 학기부터 나도 상담을 신청했다.

처음 시작은 심리 검사를 받고, 그 결과에 대한 해석으로 시작했다. 학교에서 해주고 있는 무료 검사는 거의 다 해봤을 때쯤 학생 상담을 받게 되었다. 이렇게 생각하는 게 정상인가요?

낯모르는 사람이지만, 내 상태를 정확하게 파악하기 위한 일이니 정확하게 평가받기 위해서는 이런저런 사적인 이야기나 머릿속에서 뭉게구름처럼 피어났던 해괴한 생각까지 모두 다 드러내게 된다.

하지만 어떤 긍정도 부정도 하지 않는 반응에는, 어쩐지 나도 모르게 실망감이 올라온다. 나도 상담을 공부해봤기 때문에 (C학점을 받았지만) 상담사의 피드백 유형에 대해서는 조금 알고 있다. 내담자 편에 서서 상대방이 정말 나빴다고 동조해서도 안 되고, 어떤 긍정이나 어떤 부정적인 반응을 보이지 말라고 되어 있다. 왜냐하면 내담자의 지금 심리 상태가 그런 것일 뿐이지 이게 나쁜 일도 좋은 일도 아니기 때문이다.

혹은 자기도 그런 일이 있었다면서 자기 이야기를 풀어놓지 말라고도 되어 있다. 이게 나에게 도움이 되는지 아닌지 아직 확신이 없다. 어떤 식으로든 상담은 여러 번에 걸쳐 시간을 두고 이루어지니, 말을 자꾸 하다보면 내 스스로 깨달음을 얻을지도 모른다. 하지만 이런 방법이 나에게는 도움이 되지 않는 것 같았다. 나는 매일 매일 부정적인 사건을 곱씹고, 내 주위 사람들이 지겨워할 정도로 그걸 하소연해서, 상담사에게 지난 일을 이야기하는 게 꼭 복습같이 느껴졌다. 어쩌면 이런 방식은 속내를 꽁꽁 감춰두고 자기 이야기의 빗장을 풀어본 적도 없는 사람에게 어울릴지도 모른다.

하지만 약간은 예상하긴 했지만, 너무 의외의 결과라 놀라기도 한 심리 검사 결과지에 '매우 위험'을 보고 당혹스러웠다. 외상적 스트레스 항목이 '매우 위험'으로 결과가 나왔다. '자신에게 치명적인 영향을 미친 외상 경험이 있다고 보이며 이것이 현재 자신의 생활에 상당한 수준의 불편감이나 불만을 지속적으로 야기하고 있습니다. 그러한 사건이 자신을 근본적으로 바꾸어 놓았고 그로 인한 장애를 받고 있다는 느낌을 가질 수 있습니다.'

이런 결과를 받아들자, 중학교 시절 너무나 무기력했던 내 모습이 떠올랐다. 중학교 3학년 내내 한 명으로부터 지속적인 괴롭힘을 당했고, 학교에 말해도 바뀌는 것은 없었다. 학교를 마치고 집에 가면 늦은 오후부터 자기 시작해서 아침에 일어났는데, 최근에 SNS 뉴스를 보다가 한 정신과의사가 적은 글을 보고 마음이 좀 텃텃했다.

사람이 도저히 감당할 수 없는 부정적인 생각으로 몸서리칠 때, 지나치게 잠을 많이 잔다. 뇌가 의식을 통해 나쁜 기억을 보여주지 못하게 뇌를 죽여버리는 것이다.

이런 이야기를 상담사에게 풀어놓는데 눈물이 나는 나 자신을 보고 또 한 번 놀랐다. 왜? 이 타이밍에서 뭐가 서러워서 눈물이 나지? 상담사는 어떻게 괴롭힘을 당했냐고 물었는데, 글쎄 도통 생각이 잘 나지 않는다. 일부러 뇌에서 기억을 지워버린 건지 숨겨버린 건지 알 수는 없지만, 이렇게 정확하게 잡히는 기억은 없으면서 누군가 화가 나서 나에게 다가오면 가슴이 쿵쾅쿵쾅 대는 증상만 남은 건가? 아니면 누구나 그런 위기 상황에서는 '대면 vs. 도망'을 선택해야 하는 기로에 놓여 있어 진화심리학적으로 심장이 반응하는 것인가?

　하지만 한 가지 내가 정확하게 아는 게 있다. 이런 심리 상담을 받고 나서, 내가 트라우마라고 추측하는 그 중3 사건에 대해 많이 떠올리고 있다는 것이다. 몇 년 전까지 몇 달 전까지도 아무 생각이 없었는데, 이것을 붙잡고 생각하기 시작했고, 썩 유쾌할 리 없는 것들이라서 기분도 덩달아 나빠진다.

　내가 이 분야에 전문가가 아니므로 섣불리 판단하기는 어렵지만, 그냥 심리 상담과 심리 검사를 받아보는 일반인 중 한 명의 입장에서 말하자면 둘 사이에는 확연한 차이가 있다. 심리 검사는 해설지가 있고, 어떻게 나왔네요, 라고 상담사가 쭉 결과지와 해설지를 비교해 가면서 말해주면 잠자코 들으면서 내 선에서 맞는 것 같다거나 이건 아닌 것 같다거나 혼자서 정리하면 되는데, 상담은 계속 나 혼자서 떠들어야 하는 게 은근히 부담스럽다. 내가 나를 일일이 알려줘야 하는 게 쉬운 일은 아니다.

심리 검사도 모든 문항에 스스로 체크하므로 선입관이나 주관적 판단이 많이 반영되고, 상담도 아는 대로, 생각하는 대로 말하는 것이니 '나'라는 사람에 의존할 수밖에 없다. 하지만 꿈보다 해몽이라고, 상담사가 전문적인 식견으로 내가 하는 말 속에서, 나도 모르는 나를 정확하게 발견하고, 정곡을 찌르는 분석을 해주길 기대한다. 상대방에게 칼자루를 쥐어줄 때는 그만한 이유가 있다. 조금 과장되고 결이 다른 이야기일 순 있지만 이렇게 심리 상담을 받는 것은 약간은 성형외과 상담실장과 마주 앉아 이야기하는 것이 조금 유사하지 않은가 생각했다.

일단 무조건 내 얼굴은 완벽하지 않으니까 어디를 손 봐야 하는지, 어디가 못났는지, 어디를 고치면 좋은지 일일이 견적을 받고, 그 성형외과 상담실장에게 나의 외모에 대해서 마음대로 평가할 칼자루를 쥐어주는 것이다. 내 얼굴이 완벽하게 대칭이 맞거나 균형이 잡힌 게 아니라지만, 수술 결과가 좋지 않을 때 성형외과 의사들의 변명이란 게 이런 식이지 않은가. '원래 사람 얼굴이 컴퓨터나 기계가 아니기 때문에 완벽한 대칭으로 나오는 건 불가능이에요.' 물론 나는 성형수술을 한 적은 없다. – 부작용만 없다면 가끔 하고 싶다는 생각도 한다. – 성형외과 상담실장에게 견적을 받고 나서 성형수술로 뜯어 고칠 게 아니기 때문에 나에게는 이 결점 투성이의 얼굴만 남게 되는 것이다.

그리고 남에게 내 얼굴을 평가하게 하고, 형식적인 자리를 빌어서 여기저기 얻어맞고 나서 기분이 좋을 리도 없다. 그런데 심리 상담 또한 '자, 어디가 문제인지 한번 찾아봅시다'라는 전제가 깔려 있다. 혹시 어린 시절에 아버지와의 관계는 어땠나요? 이런 식이랄까. 당신은 이런 사람이야, 라고 섣불리 단정짓지 않는 진중한 태도를 유지하면서도, 추측건대 상담사의 머릿속은 여러 가지 심리적 전문 용어들이 왔다리 갔다리 하면서 '아, 조금은 방어적인 상태군. 이 문제에 대해서는 어쩐지 회피하면서 말하기 싫어하고 있군' 같은 판단을 내리고 있지 않을까?

아, 그렇지만 상담사분을 성형외과 상담실장과 비교하는 것은 실례일까? 정말 같은 공간에서 같은 시간을 보내면서 오롯이 나에게만 집중해서 이야기를 들어주는 모습에 마음이 울컥해지기도 했잖아. 그리고 고작 첫 시작일 뿐인 상담이었고.

하지만 문제가 무엇인지 한 번 알아보자는 분위기가 깔려 있었다는 건 정말 내가 느낀 진실이다. 그냥 상담에 대해서는 잘 알지도 못하는 내가, 고작 첫 상담을 받은 후에 그냥 머릿속에서 피어나는 대로 그대로 써본 나의 선입견이라고 해두면 좀 마음이 편안해질 것 같다.

무표정

영국 여행 중에 구글맵을 켜고 대영박물관으로 가는 길을 찾고 있었다. 먼저 버스정류장으로 걸어가야 했다. 이제 횡단보도만 건너, 건너편에서 버스를 타기만 하면 되었다. 그런데 맞은편에 이미 타고 가야 할 버스가 와버렸다.

신호가 바뀌고 길을 건너고보니, 내가 타야 할 버스가 정류장을 지나 얼마 못 가서 빨간 불에 잡혀 정차해 있었다. 버스기사님에게 정류장을 조금 지난 거니 좀 태워주면 안 되는 거냐는 식으로 문을 가리키며 눈을 맞추었다.

그런데 버스기사님이 웃으면서 안 된다는 손사래를 했다.

'아, 어떡하지. 태워주고 싶은데 원칙상 안 돼. 안타깝네'라는 말이 듣지 않아도 전해졌다. 만약에 무표정으로 손사래를 쳤다면 어땠을까? '교통법규도 모르는 이 무식한 것. 귀찮게 하지 말고 얼른 가버려' 같은 말들을 상상했을 것이다.

런던에서 버스를 탈 때 어쩐지 긴장되었다. 버스카드가 오류가 나면 어쩌나 싶기도 하고, 오른쪽에서 타야 하는지 왼쪽에서 타야 하는지 헷갈렸다. 어느 날, 버스를 탈 때 교통카드를 찍고 고개를 들었는데, 단 하나의 시선도 주지 않고 무표정으로 정면만 응시하는 버스기사님을 봤다.

그러자 나도 모르는 사이에 내가 타는 게 별로 안 좋은 건가, 라는 생각이 퍼뜩 스쳐지나갔다. 동양인이 타서 저러나, 다른 영국인한테도 똑같이 하는 건가. 순간적으로 알아차린 게 대단하다 싶을 정도로 너무 찰나 같은 부정적이 감정이었다. 이런 감정이 스쳐가고 나를 의기소침하게 한 이후에야 이성적인 생각이 뒤따라왔다. 나도 무표정으로 탔잖아. 한국이라면 너무 당연한 일 아닌가? 교통카드 찍는 데만 보고 자리를 찾아간다. 운전기사도 무표정이고 승객도 무표정이다.

지하철에서도 비슷한 일이 있었다. 먼저 가까운 출입구 쪽으로 아이 손을 잡고 나가 있는 아내를 향해서, 짐을 챙기던 남자가 아내를 안심시키기 위해서 이를 드러내고 웃어 보였다. 아내에게 보내는 시선도 따뜻했다. 여긴, 괜찮아. 내가 짐 정리하고 있어, 라는 뜻이었다. 당신은 애들 챙기고 출입문이 열리면 먼저 나가. 짐은 내가 다 들고 내릴게.

타인에게 따뜻함을 표현하려면 인간은 입꼬리를 들어 올려 웃어야 한다. 개들이 입꼬리를 올려 이를 한껏 드러내 보이면 곧 물어뜯어버리겠다는 싸움을 알리는 신호다. 인간은 어찌해서 입꼬리를 들어 올려야만 서로 호감을 나눌 수 있게 되었을까? 그러면서 어쩌다 무표정이 기본값으로 두고 있을까? 얼굴에 아무것도 하지 않을 때가 무표정이다. 여기에 웃는 얼굴을 만들어내려면 무언가를 더 해야 한다. 얼굴에 아무것도 하지 않을 때를 싱긋이 웃는 얼굴로 만들어두면 되지 않았을까? 어쩌다가 무표정은 냉담함, 무관심, 퉁명스러움을 나타내게 된 걸까? 무표정은 아무것도 하지 않는다. 그런데 중립이 아니라 마이너스로 평가받는다.

웃는 얼굴은 '난 괜찮아. 난 기분 좋은 상태야'가 아니라 '넌 괜찮아'라고 봐야 더 맞다. 미소는 내가 괜찮은 상태일 때, 상대에게 '저 괜찮습니다'를 보여주는 데 쓰이기보다 상대를 안심시키는 데 더 큰 역할을 한다. 우리 관계에서 '나는 당신을 꽤 괜찮게 생각하고 있어요, 당신, 나에게 괜찮으니까 괜한 걱정 말아요'라는 뜻이 더 통용된다. 상대가 아무것도 하지 않았는데, 상대의 무표정에 자괴감을 느껴버리는 게 인간이다. 자신이 환영받지 못했다는 느낌에 휩싸인다.

런던의 드라마스쿨에서 보낸 일주일은 온통 새로 만나는 사람들 사이에 나를 놓았다. 상대가 나에게 환영받지 못한다는 자괴감을 느끼지 않도록, 열심히 입꼬리를 들어 올려 웃어 보였다. 하루 일과를 마치고 방에 돌아오면 이내 무표정으로 돌아갔고, 웃는 일이 무척이나 성가시게 느껴졌다. 애써 웃지 않아도 되는 익숙한 관계가 그리워졌다.

그런데 익숙한 관계에서 무표정이 항상 괜찮은 건 아니다. 불편하고 어색한 사람한테는 더 과장된 웃음을 보여준다. 별로 중요하지도 않고 나에게 의미 없는 타인에게는 잘도 웃어 보이지만, 정작 중요한 가까운 사람들에게는 웃음을 아껴서 그들을 섭섭하게 한다. '당신은 나에게 괜찮으니 걱정 마세요'라는 메시지를 보내지 않아도 상대가 이제는 당연히 알겠거니, 하고 그런 신호를 무의식적으로 덜 보낸다. 어쨌든 무표정은 잘못이 없다.

임신해도 마른 여자

유명 사진작가와 나는 같은 고등학교를 졸업했다. 누가 봐도 예쁘다고 인정할 만한 청순한 외모를 가진 사진작가다. 그리고 많은 유명 연예인들과 작업했으며, 사진에 대한 전문 지식이 없는 내가 봐도 사진이 남달랐다. 사진작가의 따뜻한 감성이 사진 속에 그대로 녹아 있었다.

어떻게 하면 저렇게 감정의 결이나 분위기가 느껴지는 저런 감성을 만들 수 있을까 감탄하게 된다. 어쨌든 나는 그 친구와는 한 번도 같은 반에서 공부한 적도, 서로 대화를 나눠본 적도 없는 사이다. 단지 얼굴과 이름을 보면 같은 학교에 다녔다는 것을 아는 정도다.

사진작가 계정과 개인 계정 사진들을 보면 패션 감각도 남달랐다. 임신을 해서 출산이 임박했을 때도 여전히 마른 여자의 모습이었다. 강아지와 산책하면서 어처구니없게도 나는 이런 생각을 했다. 정말 숨 쉬듯이 가볍게 내 의식에 날아들어 내가 왜 이런 생각을 하는 거지라고 스스로에게 물을 겨를도 없었다.

나는 지금도 67kg야. 임신하게 되면 여기서 살이 더 붙어나면 붙어났지 저렇게 마른 몸에 배만 나온 모습은 거의 불가능이야. 나도 20대엔 50kg였는데. 어쨌든 난 안 돼. 나도 항상 저렇게 옷을 잘 입고 싶었는데 왜 늘 이렇게 늘어난 추리닝 바지로 돌아오는 거지? 하, 지금 도대체 무슨 생각을 하고 있는 거야.

참, 나라는 존재가 참을 수 없게 가볍게 느껴졌다. 그런데 내가 몸무게에 불만이 있어? 마르지 않았을 뿐, 배가 편편하지 않을 뿐 건강상으로 아무 이상이 없다. 168cm에 50kg대 몸무게로 살 때는 빈혈기가 있었고, 생리통이 아주 심했다. 그리고 패션 감각이란 걸 가지고 있지 않지만, 그렇다고 관심을 가지고 패션에 대해서 공부하고 시간을 투자하고 잘 입어보려고 할 노력이라도 했던가?

　별로 그렇게 하고 싶지도 않잖아. 나는 나의 주인이 아니다. 이렇게 인스타에서 본 여자와 나를 비교하는 생각을 애초에 하고 싶지도 않았다. 내가 원하는 대로 되지 않는 이유가 무엇인가? 내 머릿속에 들어앉은 뇌가 나의 주인인가?

자기 확신은
있다가도 없어지는 것

해외에서 유람선이 침몰했고 한국인 일곱 명이 사망한 안타까운 사고가 있었다. 카톡으로 뉴스 소식을 친구가 공유했다. 근데 저 사건을 보고 '아이고 어떻게 해. 사고 났네.' 이런 간단한 생각들을 하고는 끝이다. '내가 이상한 건가? 엄청 슬프고 이런 감정이 들지 않아. 아, 사고 났네 하고 끝이야. 슬픈 감정을 느껴야 하는 건가? 생각하게 돼서 나만 감정이 메말라 버린 건가.'

좀 섬뜩해서 걱정이 되었다. 아무 생각도 안 드는데 내가 이상한 건가 하는 생각이 스쳤다. 아무 감정이 안 들고 그냥 '아,

그렇구나'로 끝나서 '아, 내가 소시오패스인가 아니면 사이코 패스인가'라며 나를 의심해본다. 왜 슬픈 감정이 안 드는 거지 이런 생각이 들어서. 내가 괜찮은 사람이 아니면 어떡하지 하는 쓸데없는 고민을 하는 것이다. 그런데 이런 생각이 내가 알지도 못한 사이에 나를 싹 스쳐가 버린다. 그리고 나서야 '왜 내가 나를 의심하고 있지'라는 질문이 뒤따를 수 있다.

첫 책을 쓸 때 일이다. 나는 내 원고에 자신이 있으면서도 자신감이 없었다. 출판할 수 있을 것 같기도 하고 없을 것 같기도 했다. 글을 쓰면서도 '그냥 그저 그런 원고인가. 누구나 다 할 수 있는 말이잖아'라고 했다가 출판사에 출간 문의 메일을 보내고 며칠 사이 돌아온 답변에 '그래도 꽤 쓸 만한 글인가봐' 하고 다시 용기를 얻었다.

다른 사람들보다 사실은 나 스스로가 더 나를 저평가하고 얕잡아본다. 반 고흐는 이게 무슨 말인지 내 마음을 누구보다 잘 알 것 같다. 세계적으로 유명한 화가 반 고흐는 37세에 자살했다. 살아 있는 그 자체가 인생의 고통이라는 말을 남겼다. 살아 있을 때 그는 작품으로 어떤 주목도 받지 못했다. 숨지고 나서야 그의 작품은 하나 둘씩 빛을 보았다.

반 고흐는 그림을 그릴 때마다 마음속에서 자신이 하는 말에 시달렸다. '나는 그림에 재능이 없어.' 뛰어난 예술가가 작업을 하는 순간에도 열등감이라는 잡생각이 따라붙는다. 하지만 반 고흐는 그 목소리를 잠재우는 법을 알고 있었다. 반드시 계속해서 그림을 그리는 것이고, 그림이 점점 완성되어 갈수록 그 목소리는 잠잠해졌다. 하지만 또 새로운 작품을 그릴 때마다 그 목소리는 다시 살아났을 것이다. 그러고는 또 작품에 몰입하고 잠잠하게 만들고.

교수님이 강의 중에 결혼반지에 대해서 언급했다. 내가 매력적으로 느껴지더라도 임자가 있으니 다가오지 말라는 표시 아니냐는 말씀을 하셨다. 나와 남편은 결혼반지를 끼지 않는다. 내가 누군가에게 반하고, 남이 나에게 반하는 일은 정말 드문 일이기 때문이다. '여기 강의실에 남학생 중 아무도 나한테 반하지 않았잖아.' 설령 반한다고 하더라도 반지가 최저 방어선이 될 것 같지는 않다.

이제 직장인이 되어서 대학 때보다 마음에 드는 이성을 만나기가 힘들어지는 건가 했다. 근데 그게 아니었다. 아무리 이성이 수적으로 많아도 호감을 느끼기란 쉽지 않다. 대학에 다니든 직장에 다니든 마찬가지다. 다시 대학에 돌아가보니 더욱 명확해졌다. 서른에 가까워질 즈음 나는 조급해지기도 했다. 혼자서 영어 교습소를 운영할 때는 이성을 만날 기회가 없었다. 마트에서 나온 마감 상품처럼 '저 좀 사가세요' 하고 나를 놓아야 할 것 같다는 비참한 생각이 들었다. '아니, 난 어디 내놔도 괜찮아, 당당하자'라고 내 자신을 다잡기도 했다.

미국에 교환학생으로 갔을 때 만난 공대 오빠가 있었다. 나를 꽤 괜찮은 사람으로 생각했던 오빠였다. 이 오빠의 부탁으로 나는 영어를 가르쳐주었고, 주기적으로 만나면서 친분을 쌓았다. 한국에 돌아와서는 서로 몇 년간 연락이 없었다가 이 오빠가 대기업에 취업하고선 나에게 감사 문자를 보내왔다. 영어 과외가 도움이 많이 돼서 토익 점수도 잘 나왔고, 대기업에 입사했는데 네 생각이 많이 났다는 내용이었다.

그 오빠에게 오랜만에 연락해서 별 생각 없이 소개팅을 부탁했다. 그런데 전혀 내 예상을 뛰어넘는 답변이 돌아왔다. "글쎄, 어떤 남자가 널 좋아할지 모르겠는데. 너 같은 여자를 감당할 수 있는 남자는 없을 것 같아." 생각지도 못한 인신공격에 어안이 벙벙해졌다. 지금 내가 누구의 연인도 될 자격이 없는 그런 여자라는 말이냐고 하자 "이것 봐. 너는 선의의 충고도 곱게 받아들이지 못하고, 지금도 화를 내고 있잖아. 다 너한테 도움이 되라고 하는 소리야. 너는 기가 너무 세"라고 말했다.

나는 무슨 말을 해야 할지 길을 잃었다. 오로지 나에 대한 잘못된 이미지를 바로 잡기 위해서 급급했다. '너는 나를 오해하고 있어. 그러니 어서 나를 좋은 사람이라고 인정해줘' 류의 말을 둘러대며 내 이미지를 바로잡는 데만 급급했다. 그 오빠가 나를 좋은 사람이라고 인정해주지 않으면, 내 앞으로의 연애는 모두 망하기라도 한 것처럼 굴었다.

카톡 대화가 끝나고, 내 자신이 너무 한심하게 느껴졌다. 왜 갑자기 고무돼서 이 오빠한테 소개팅을 부탁했나 싶어 나를 자책했다. 누군가의 연인이 되기 위해서 그 오빠의 인증이 필요한 행동한 내가 싫어졌다. 이런 자책은 금세 분노로 바뀌었다.

아니, 자기가 무슨 대단한 사람을 소개해줄 것도 아니고, 소개해줄 생각도 없다면서 왜 나에 대해서 함부로 말하는 걸까? 서로 얼굴을 봐야 하는 생활권에 들어가 있을 때는 좋은 관계를 유지하려고 엄청나게 날 칭찬해대더니, 이제는 서로 볼 일도 없고 자기가 어떻게 행동하든 아무 영향이 없으니까 나한테 제 멋대로 말하는 건가? 도대체 무슨 모습을 보고 저 딴 식으로 나를 평가하는 거지?

도대체 2~3개월 동안 서로 알고 지낸 사이에서 내가 살아온 모든 인생을 보고 내가 어떤 사람인지 결론을 내린 것처럼 저렇게 당당할 수 있지? 그리고 자기가 나를 알았던 그 시간 이후로 내가 바뀌었을 거란 생각은 못하는 건가. 뭘 보고 그런 판단을 내렸든 그건 자기의 주관이 반영된 자기만의 진실이다.

그걸 당사자인 나에게 받아들이고 인정하라고 하라니 너무 무례하지 않나. 오랜만에 연락해서 한다는 부탁이 소개팅이라서 기분이 나쁜 거라면, 그냥 그게 기분 나쁘다고 하면 된다. 어떤 남자가 너를 좋아할지 모르겠다는 인신공격이 아니라, 그게 기분 나빠서 별로 대화하고 싶지 않다고 하면 된다. 내가 진로 고민으로 한창 힘들어할 때, 몇 년 동안 서로 연락이 없다가 대뜸 걸려온 연락이 그 오빠의 대기업 취업 소식이었다. 나는 진심으로 축하하는 마음뿐이었다.

나도 상대를 부정적으로 보자면 얼마든지 그렇게 봐줄 수 있었다. 그 오빠는 영어를 말할 때는 손으로 입을 다 가리고 겨우 몇 단어를 말했다. 그땐 그럴 수 있지, 라고 이해했지만 그거 자신감 결여 아닌가.

영어를 잘 못하니까 자신감이 순간 부족할 수도 있지가 아니라 자신감은 쥐뿔도 없는 사람이라고 나도 얼마든지 나쁘게 봐줄 수 있었다. 여자친구가 '똑똑한 여자는'으로 시작하는 책을 들고 있었을 때, 그런 책은 보지 말라고 말렸다던 그 오빠의 이야기도 완전히 비호감일 수 있었다. 여자친구가 더 똑똑해지고 현명해지면 자기를 버릴 것 같은 두려움을 느끼는 건 너무 열등감덩어리이지 않냐며 비난할 수 있었다. 어떤 여자가 너를 좋아하겠어, 라는 결론을 내려주면서.

실제로 다음 남자친구를 사귀기 전까지 그 오빠에게 들었던 말을 떨치기가 힘들었다. 내가 남자친구가 없는 이유는 내가 별로라서, 라고 낙인이 찍힌 것 같았기 때문이다. '웃기고 있네. 너나 잘하세요'라고 배짱 있게 상대에게 직접 받아 쳤더라면 그렇게 내상을 입지는 않았을 것이다. 확실히 말도 안 되는 인신공격이잖아, 라고 생각하면서도 자기 확신이 와르르 무너져 내렸다.

나는 느낌의 변덕에 따라 하루에도 몇 번씩 의견이 바뀐다. 오전에는 수업 시간에 발표를 하느라 진땀을 뺀 이야기를 남편에게 미주알고주알 다 하고선, '와 이렇게 대화가 잘 통하는 남자라니. 난 이 남자 말곤 다른 남자들, 아니 친구도 없어도 될 정도야'라고 내가 사람 보는 눈이 있고, 우리 둘은 참 잘 만났다고 생각했다. 그런데 저녁이 되어 집안일을 나누는 일로 언쟁이 벌어지자 '어디서 저런 몹쓸 것을 내가 고른 거지'라고 오전과는 완전히 다른 생각이 튀어나왔다.

평가는 평가하는 사람의 마음이지만, 그 평가라는 건 결국 한 인간의 짧은 생애 동안에 겪은 짧은 경험과 선입견에서 나온 것이다. 그 평가가 긍정적이든 부정적이든 간에. 우리가 보고 있다는 것은 어떤 존재가 시시때때로 계속 변해 가는데, 그 변화 과정의 짧은 순간일 뿐이다. 무엇을 보고 듣고 느끼고 판단 한다는 것은 아주 작은 조각에 불과하다. 그러니 남의 판단에 마음을 쓰며 매달릴 필요는 없다. 그런데 나는 그걸 잘 아는 것 같은데도 남의 판단에 마음을 쓰고 매달린다.

유명인들

　과연 나같이 평범한 사람들에게만 자기 확신이란 게 변덕
을 부릴까? 배우 이선균은 2001년 뮤지컬 〈록키호러쇼〉로 데
뷔해 현재 2019년까지 연기 경력 18년차의 베테랑 연기자다.
그는 많은 작품에 참여하면서 연기력으로 인정받은 배우다.
그리고 유명한 배우이기도 하다. 하지만 그런 그도 영화 〈기생
충〉 촬영에 들어가기 전 오르락내리락 하는 자기 확신이라는
걸 경험한다.

　'부자 역할을 많이 해보지 않아서 걱정했었다. 살면서 그런
집에 가본 적도 없다. 소품도 비싸다고 들어서 대기실에만 있

었다. 내 옷 같지 않은 옷을 입었다는 우려가 <u>스스로에게</u> 들었다. 과연 어울릴까 고민했다. 연기하는 것이 예전보다 두렵다. 모든 것이 소진되고 자주 노출될 때 지겹고 익숙해지는 것이 두렵기도 하다.'

마찬가지로 〈기생충〉에 출연한 송강호도 영화 촬영 당시 얼마나 많이 긴장했었는지 털어놓았다. '〈기생충〉은 다양한 장르의 혼합같이 변주된 느낌이다. 영화를 통해서 이런 연기를 하게 됐을 때, 그런 어떤 낯설음 같은 것들이 두렵기도 했다. 이것을 어떻게 관객들에게 현실감 있고 설득력 있게 전달할 수 있을 것인가 하는 측면을 많이 고민했다.'

BTS는 파죽지세로 수많은 '최초'를 만들어내고 있는 그룹이다. BTS의 신곡 뮤직비디오는 유튜브 24시간 최다뷰 신기록을 기록했으며 미국 빌보드 차트와 영국 오피셜 앨범 차트에서 1위를 차지했다. 일본 오리콘 디지털 앨범 차트에서도 1위를 기록했다. 다음은 BTS 리더의 인터뷰 내용이다.

'키가 커지면 그늘이 길어지는 것과 같은 상황이라고 생각한다. 어느 날은 조명이 되게 무섭더라. 너무 밝고, 시력도 안 좋아지는 것 같고. 조명의 무게가 무서웠다. 조명 때문에 나는 관객이 안 보이는데, 관객들은 나를 밝게 보고 있지 않나. 그래서 가사처럼 도망치고 싶었다. 하지만 이젠 이뤄내고 싶은 게 많다. 팬들에게 받는 에너지, 그리고 내가 준다고 생각하는 긍정적인 에너지가 도망치고 싶은 마음보다 더 커졌다. 그 마음을 극복했다고 할 수는 없고, 함께 안고 살아간다. 하지만 나는 이뤄내고 싶은 게 더 소중하고, 그것이 부담감을 눌러주면서 앞으로 나아가게 되는 것 같다.'

도깨비가 공유인지, 공유가 도깨비인지도 모를 정도로 찰떡 연기를 보여준 공유. 공유가 아닌 다른 도깨비는 생각할 수조차 없다. 하지만 공유는 한 인터뷰에서 이렇게 말했다.

'드라마를 조금 두려워했던 게 있어요. 사실 김은숙 작가님은 저한테도 대단하신 분이고, 제가 뭐 이렇게 특별해서 그전에 거절했던 건 아니고, 그냥 저의 문제였는데. 이번에 이제 저도 계속 애정을 보내주신 것에 대한 감사 인사를 직접 얼굴을 뵙고 드리고 싶어서 미팅 자리에 나갔는데, 그 자리에서 작가님이랑 대화를 나누고 감독님이랑 작품에 대한 이야기를 듣고, 그 두세 시간 정도의 미팅이 마음을 열 수 있는 시간이었던 것 같아요. 제가 생각했던 작가님보다 훨씬 더 소녀스러우셨고, 워낙 스타 작가님이다 보니까 만나러 가기 전에 제 마음이 조금, 쉬운 말로 저에게 함부로 하실 수도 있을 것 같다는

생각을 했던 모양이에요. 그리고 판타지 장르에 대한 두려움
도 있었어요.'

　우리가 동경하는 성공한 사람들조차 자기가 잘할 수 있을
지 항상 불안해하고 의심한다.

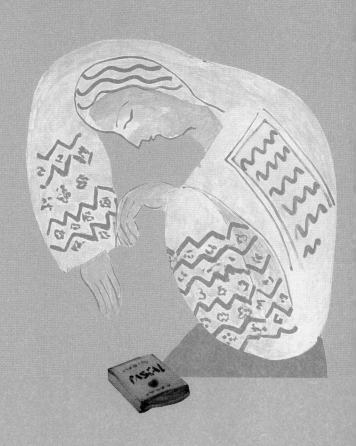

내 뒤를 쫓아와서
내 머리를 내려칠지도 몰라

　다이소 계산대의 줄이 길었다. 강아지를 안고 있는 팔이 살짝 더웠다. 다이소에서 강아지를 안고 들어와도 된다고 했고, 강아지 산책줄을 사러왔다. 드디어 내 차례가 되었다. 그런데 줄을 서지 않고 한 노인분이 내 앞으로 끼어들었다. 계산대는 여러 개지만, 한 줄로 서는 게 익숙하시지 않을 수도 있을 거라고 생각해, 차례를 지켜주시라고 말했다. 할아버지 얼굴은 짜증이 역력했으며, 내 쪽에서 알아듣지 못하는 말로 역정을 냈다. 하지만 나는 순서를 빼앗기지 않고 내 차례에 계산을 끝마쳤다. 잘한 일이다.

그런데 물건을 사고 나오면서 두려움이 갑자기 엄습해왔다. 혹시 내 뒤를 쫓아와서 머리를 둔기로 내리치면 어떡하지? 그럼 쓰러진 나는 강아지 줄을 놓쳐버리고, 우리 강아지가 놀라서 숨어버리면 영영 못 찾을 텐데. 아니면 내가 개를 소중히 여긴다는 걸 간파하고 내 개를 빼앗아 땅으로 던져버리면 어떡하지? 괜히 내가 차례를 지키려다 아무 죄도 없는 우리 강아지가 끔찍하게 죽임을 당한다면 너무 괴로울 거야. 어쩐지 그 할아버지가 나를 따라올 것만 같아 종종걸음으로 빨리 집으로 갔다.

생각의 추적

　과거의 스트레스를 곱씹으면서 되새기는 거 말고도 가벼운 일상생활에서도 늘 생각이 따라다닌다. 지금 나는 이 책의 원고를 쓰면서도 분량에 대해서 생각한다. 밀란 쿤데라가 쓴《무의미의 축제》는 짤막한 글들이 단출하고 심플하게 연결되어 있다. 이 책과 같은 형태였으면 좋겠다. 이 책은 40페이지 정도 되는 소설인데, 원고지 몇 장 정도를 써야지 내 책이 출판 가능하고, 독자가 받아들이기에 읽을 만하다고 생각이 들까가 궁금해지면 글을 쓰다말고 인터넷을 뒤진다. 적어도 원고지 800매는 되어야 한다는 글도 있고, 요즘은 계속해서 분량이 줄어서 200매, 300매쯤 되어도 좋다는 글도 있다. 그러다가 카톡이 왔다.

재작년에 영어를 가르쳤던 쌍둥이 학생 중 한 명인데, 다른 과목은 다 잘하는데 영어가 항상 발목을 잡아서 나에게 과외를 받았었다. '선생님 안녕하세요'라는 카톡을 보자마자 아이의 얼굴이 떠올랐다. 이 아이들은 너무 귀엽다. 지금 벌써 고2라니. 매번 중간고사와 기말고사를 치고 나면 이번에는 점수가 얼마가 나왔다고 누가 시키지도 않았는데 나에게 알려준다.

전교에서 7등을 할 정도로 내신 관리를 잘하고 있는데 그만큼 스트레스도 크다. 각 교과목마다 선생님이 요구하는 대로 전부 다 맞춰줘야지만 저 정도 점수가 나온다. 대학이나 학과 선택으로 대화가 이어지다가 학생이 도서관에 도착했다고 말하면서 대화가 끝났다.

소파 쪽을 슬쩍 보니 남편이 멍하니 눈을 뜨고 천장을 응시하고 있었다. 분명한 잡생각의 제스처다. 무슨 생각을 하는지 묻고 싶어졌다. 왜냐하면 인간의 기본 값이 생각이며, 아무 생각을 안 하기는 불가능하기 때문이다. 무슨 생각을 하는지 묻지 않으면 알 수 없다. 물론 상대가 솔직하게 말하지 않아도 알 수 없지만.

　남편은 요즘 영어 교재를 만들고 있다. 그동안 수업에서 영어 어순 훈련이 어떤 효과를 냈는지 머릿속으로 정리하고 있다고 말했다. '아, 남편은 요즘 하고 있는 일에 생각이 팔려 있구나.'

　그러고선 물을 한 잔 마시러 자리에서 슬그머니 일어나 정수기에 갔는데, 싱크대에 설거지가 잔뜩 쌓여 있다. 설거지는 남편 담당이다. 그런데 남편이 오늘 수업이 있고, 내 수업은 취소되어 내가 오늘 시간이 많으니까 내가 해야 되겠지? 음, 언제하지? 지금은 별로 하고 싶지 않아. 그런데 왜 남편은 고무장갑을 안 쓰는 거지? 아무리 세제가 좋은 성분으로 만들어진 거라지만, 저기 통에 잔뜩 묻은 양념을 맨 손으로 막 비비고 싶지는 않은데.

　물을 마시다 보니 강아지가 눈에 들어온다. 미간 사이에 털이 이제는 제법 자라서 시야에 살짝 거슬릴 것 같아 보인다. 이발기를 들고 와서 강아지를 안고 털을 살짝 밀었다. 바닥에 떨어진 털을 정리하고 있는데 등 뒤로 수돗물 소리가 들린다. 남편이 설거지를 시작했다. 너무 잘됐다. 다시 소파에 앉아서 강아지에 대한 걱정을 시작한다.

강아지가 나이가 들면서 심장 기능이 약해졌는데 병원에서 고혈압이라고 했다. 하지만 강아지는 병원에만 가면 극도로 흥분해서 몸을 덜덜 떨기 때문에 과연 이 수치가 신뢰할 만한 것인지, 그렇다고 혈압 약을 먹이지 말아야 하는 것인지 확신이 서지 않는다.

혈압 측정기를 스마트폰으로 검색해본다. 그러다가 의사가 한 말이 떠올랐다. 이 혈압 측정기는 보기에는 단순해도 꽤 까다로워서 전문가만 제대로 측정할 수 있단다. 그리고 가격도 비싼데 굳이 개인적으로 살 필요가 있느냐. 어쨌든 이번에 혈압약을 타면 그럼 꼼짝없이 두세 달을 먹이면서, 과연 혈압약을 먹이는 게 맞는지 진지하게 연구해보려던 마음은 사라질 거다.

거실 창에 정면으로 비친 내 얼굴이 들어왔다. 오후에 꽃시장에 가서 꽃을 사고, 카페에서 커피를 한잔하기로 한 약속이 있는데, 머리를 감아야 하나. 어제 머리를 감고 자기는 했는데, 상대가 사진도 좀 예쁘게 찍고, 이렇게 저렇게 근사하게 단장하고 만나서 기분 전환을 하고 싶어 하는 것 같기도 하다. 그러면 나도 구색은 맞춰야 할 것 같은데, 라는 생각으로 옮겨간다. 생각에 대해서 이렇게 결론을 내리면 될 것 같다. 정말

이 생각에서 저 생각으로 자유자재로 쉽게 옮겨가면서, 누가 시키지도 않았는데 쉴 새 없이 생각이란 걸 하고 있구나.

칵테일 파티를 보고 나서

"We die to each other daily. What we know of other people is only our memory of the moments during which we knew them. And they have changed since then. To pretend that they and we are the same is a useful and convenient social convention which must sometimes be broken. We must also remember that at every meeting we are meeting a stranger."

우리는 매일 새롭게 태어난다

우리가 타인에 대해 알고 있는 것은

우리가 그들을 알았던 순간들에 대한

우리의 기억뿐

그리고 그때 이후로

그들은 변했다

우리는 기억해야 한다

우리가 매번 만날 때마다 우리는

새로운 사람을 만나고 있다는 것을

— T. S. 엘리엇, 《칵테일 파티》 중에서(류시화 옮김)

우리는 매일 죽는다. 다시 말해, 우리는 매일 새롭게 태어난다. 우리는 우리가 남들과 구별되는 특별한 나만의 자아를 가지고 있다고 착각한다. 거울 앞에 서서, 거울에 비친 반영을 자기 자신이라고 착각한다. 거울에 비친 것은 반사체이지 실체로서의 내가 아니다.

우리는 우리의 감각에 의해서만 세상을 느낄 수 있다. 그런데 그 감각은 객관적이지도 믿을 만하지도 않다. 무섭고 소름 끼치는 감정이 고조되었을 때, 기다란 줄을 보면 쉽게 뱀으로 착각한다. 우리가 다른 사람에 대해서 안다는 것은 찰나의 파편일 뿐이다. 모든 존재는 우리의 인식 속에서 존재할 뿐이다. 우리는 상황을 볼 때 있는 그대로 보지 못하고, 자신의 감각과 선입견으로 재편집한다.

우리가 보고 있는 것은 어떤 존재가 끊임없이 변하는 가운데, 우리 눈에 목격된 짧은 찰나의 순간이다. 우리가 보는 것은 아주 티끌만한 조각이다. 그래서 우리가 다른 사람을 안다는 것은, 그들을 알고 지냈던 기간 동안의 기억일 뿐이다. 그마저도 정확한 실체를 본 기억이라고도 할 수도 없는. 그리고 서로 만나지 않는 동안 우리는 변했다.

그 당시에는 세상 걱정은 남의 일인 듯 밝았던 사람이 (실제 속이야 어떻든 눈으로 보기에), 심리검사지에 '누군가 나를 해칠지도 모른다는 두려움이 있다'에 동그라미를 치는 우울하고 침울한 지금을 보내고 있을 수도 있다. 그때그때 어떤 일이 일어났는지, 어떤 상황에 처했는지에 따라서 우리는 계속 바뀐다. 그런데 오랫동안 떨어져 지내다가 오랜만에 만나고선, 예전 그대로의 모습을 연기하는 것은 서로가 각자의 기억 속에 어떤 모습인지를 생각해내고 예전과 다를 바 없을 거라는 잘못된 기대를 하기 때문이다.

하지만 이것은 조금의 쓸모는 있을지 모르겠다. 왜냐하면 서로를 다시 알아가야 하는 불편한 과정은 생략할 수 있으니까. 하지만 영원히 서로를 제대로 보려는 노력조차 하지 않는 것이므로 반드시 깨버려야 하는 관습이다. 사실, 누가 먼저 시작했는지는 잘 모른다. 나 스스로 어떤 특정한 이미지를 만들었는지, 상대가 기대하는 이미지를 나에게 불어넣었는지. 어느 순간에 서로간의 인간관계의 온도와 결이 만들어져 있다. 상대에게 모두 맞춰주면서 꼭두각시 노릇을 하는 건 많은 에너지를 빼앗아간다. 그걸 잘 알면서도, 가끔은 진짜 내가 원하는 나를 보여주기가 부담스러울 때도 있다.

상대가 '갑자기 사람이 어떻게 이렇게 달라졌지' 하고선 당황스러워 할 반응이 머릿속에 그려지면, 내가 원하는 나를 보여주기를 그만 단념해버린다. 하지만 네가 나를 보고 '넌 이렇잖아' 혹은 내가 너를 보고 '넌 그렇잖아'라고 해선 안 된다는 사실은 변함이 없다. 우리는 매번 누구를 만나든 그 사람들이 낯선 사람이라는 걸 받아들여야 한다. 다른 사람을 항상 낯설게 바라보고, 심지어 내가 나 자신에 대해서도 그래야 한다. 일단 이 사실을 깨닫는다면, 인생이란 긴 여정에서 전보다 더 나은 지점에 서 있지 않을까?

날개 달린 애벌레

　한창 심리학류의 자기계발서에 빠져 있었다. 부정적인 생각을 떨칠 수 있는 방법을 알려주는 실용서였다. 손목에 노란 고무줄을 차고, 나쁜 생각이 들 때마다 재빠르게 고무줄을 세게 튕겨서 멈추게 하라는 방법을 봤다. 고무줄을 왜 튕기는가? 단순히 머릿속으로 그만해라고 말하는 것보다 살갗에 닿는 따끔함이 더 효과가 좋기 때문이다. 그런데 왜 따끔하게 찰싹 때려가면서 부정적인 생각들을 그만두어야 하지? 아니 애초에 부정적인 생각은 도대체 어디에서 나온 건지부터 알고 싶었다.

　나는 33살에 내가 사는 동네 근처에 있는 국립대 철학과에 들어갔다. 다른 사람들은 인생을 대체 어떤 생각으로 살아가는지 몹시 알고 싶었기 때문이다. 세계적으로 인정받았다는 철학자들이 무슨 생각을 하고 살았고, 무슨 생각으로 생을 마감했으며 후대 사람들에게 무슨 생각으로 살라고 남겼는지 궁금했다. 내가 철학을 공부하면서 놀랐던 건, 인간은 원래 부정적이니까 잘 간수하고 어떻게 살아보라는 점이었다.

요즘 잘 지내냐고 누가 물으면, '그냥 죽지 못해서 사는 것 같아'라고 솔직하게 말하면서 이 말이 다른 사람들 눈에 어떻게 비춰지는지 나도 알고 있었다. 인생에 활기찬 에너지란 없고 무기력하며 어딘가 손보아야 할 곳이 많은 그런 삶을 살고 있는 사람. 하지만 많은 유명한 연구자들이나 교수들이 감사하게도 '죽지 못해 사는 게 인간'이라고 말한다.

인간은 자신감이 넘치고, 언제나 긍정적이고 밝은데다 고상하고 교양 있는 영혼을 애초에 가지고 있지 않다. 사람의 뇌는 그냥 언제나 '죽어라, 죽어라' 하고 '힘들다, 힘들다' 하도록 만들어져 있다. 인간은 보고 싶은 것만 보고, 볼 수 있는 것 또한 적다. 게다가 100년도 살지 못하는 짧은 인생 경험에 비추어 다른 사람들을 판단하고 자기 자신도 판단한다.

인간이 보고 듣는 것은 항상 전체의 일부이며, 그 조차도 자신들의 주관으로 비틀어 받아들인다. 말 그대로 들을 수 있는 것만 듣고, 볼 수 있는 것만 본다. 때로는 어떤 감정 상태인지에 따라서, 긴장했는지, 들떠 있는지에 따라서 이상하게 보고 듣기도 한다.

나는 원룸에 살았던 적이 있다. 욕실에서 나는 퀴퀴한 냄새를 없애보려고 유리병에 든 초를 가져다 두었다. 출근하려고 일어났을 때 어제 깜빡 잊고 켜둔 초가 욕실 타일을 타고 새까만 그을음을 만들어둔 것을 보고 깜짝 놀랐다. 꼼짝없이 타일 값을 모두 물어야 하나 겁을 집어먹고 허겁지겁 걸레로 그을음을 닦아내었다. 다행히 깨끗하게 모두 지워졌다.

세수하고 출근 준비를 했다. 아침 대신 먹을 요량으로 사과 한 알을 냉장고에서 꺼내어 싱크대에서 씻었다. 그 사과를 베어 물려는 순간 사과에서 작은 애벌레가 기어 나왔다. 이게 도대체 무슨 일이지, 미간을 찌푸리고 그 애벌레를 한껏 응시했다. 그런데 그 순간, 애벌레의 몸 어딘가에서 하얀 날개가 솟아나왔고, 조금 날아오르는가 싶더니 이내 '펑' 하고 사라졌다.

정말이지 확실한 환각이었다. 내가 일산화탄소에 중독되었다는 걸 퍼뜩 깨닫고, 재빨리 창문을 열어 바깥공기를 들이마셨다. 하지만 그것을 나는 내 눈으로 똑똑히 보았다. 내 눈앞에

서 진짜 선명하게 펼쳐졌다. 이런 경험을 하고서도 다시 일상
생활 속으로 돌아간 나는 내 눈을 과신한다. 내 오감을 과신한
다. 나는 '이것과 저것을 내 눈으로 똑똑히 보고, 내 귀로 똑똑
히 들어서, 한 치의 오차도 없다'고 곧잘 자신한다.

흐리멍덩한 정신세계

나는 처음에는 교수님의 말을 받아들일 수가 없었다. 내가 뭘 하든 내가 생각해서 행동하는 거지, 뇌가 생각해서 행동하는 건 아니다. 내가 왜 뇌의 노예야? 그런데 교수님 말에도 일견 일리가 있는 점이 있었다. 심장은 혈액을 온몸으로 순환시켜준다. 나는 이 모든 걸 심장에게 맡기고 있지, 이 일에 내가 관여하는 바는 없다.

콩팥은 혈액 속 노폐물을 걸러주고 오줌을 만든다. 내 몸 속의 필터 같은 역할을 알아서 잘 하고 있다. 여기에 대해서 내 주도권을 빼앗겨 몹시 기분이 나쁘다 같은 건 없다. 뇌도 심장이나 콩팥과 같은 장기다. 그런데 어쩐지 뇌가 나와 상관없이 자기가 알아서 하고 있다고 하면 썩 기분이 좋지 않다. 혹은 불쾌하기까지 하다. 내가 한 말이나 행동이나 방금 느낀 감정들이 뇌가 알아서 했다고 하면, 도대체 나란 사람은 무엇이란 말인가?

교수님의 수업시간 중에 짤막하게 언급한 말에 호기심이 발동해서 도서관에서 뇌에 관한 여러 권의 책을 잔뜩 빌렸다. 그 중 가장 기억에 남는 것은 진화심리학적 설명이었다. 인간은 살아남기 위해서 지금을 부정확하게 인식하고, 느껴야만 한다. 콩팥이 노폐물을 걸러 오줌을 만들어내듯이 뇌는 종의 번식을 위해서 다음 세 가지 일을 아주 열심히 하고 있다.

첫 번째, 무언가에 쾌락을 느낄 것. 두 번째, 또 그 행동이 하고 싶어지도록 그 쾌락은 일시적일 것. 세 번째, 쾌락이 일시적이라서 허무하다는 걸 알아도 무시할 것 그리고 오직 그 쾌락을 다시 느끼고 싶어서 안달을 낼 것.

만약 인간이 한 번의 성적 쾌락으로 큰 만족감을 느끼고, 그것을 평생 동안 생생하게 간직할 수 있다면 어떨까? 두 번, 세 번의 성행위는 아마 없을지도 모른다. 인간은 성행위 없이 아이를 가질 수 없다. 진화심리학 대로라면, 모든 종의 삶의 이유는 종의 번식이다.

　그래서 인간의 뇌는 인간을 일시적인 쾌락에 잘 빠트리면
서 제 역할을 해내고 있다. 일시적인 쾌락 뒤에 따라오는 허무
감은 무시하고, 다시 쾌락을 쫓게 하기 위해서 인간의 정신세
계를 흐리멍덩하고 부정확한 쪽으로 잘 맞춰두었다. 그래서
내가 흐리멍덩한 정신세계를 가지고 있나 보다. 내 뇌가 일을
너무 잘하고 있어서.

주도권 경쟁

광고가 효과를 내기 위해서는 시도 때도 없이 수시로 어디에서든 끊임없이 나와야 한다. 미래의 고객이 잠시 자기들을 홀려듣더라도, 또 다른 곳에서 호시탐탐 기회를 노린다. 운전 중에도 라디오에서, 버스를 기다릴 때 버스정류장에, 버스 광고판에, 혹은 기다리는 쇼 프로가 시작하기 전에, 텔레비전, 잡지, 포털사이트 광고 배너, 아파트 엘리베이터 거울에 붙은 스티커 등 셀 수 없이 무수히 많은 광고에 노출된다. 내 머릿속 생각들 간에 경쟁도 꽤나 치열한데, 이제는 각 분야의 내로라하는 전문가들이 모여서, 거대한 자본을 들여 만든 유혹적인 광고까지 합세해 내 생각의 주도권을 차지하려고 난리법석이다.

　모든 광고는 내가 그것을 보는 동안 나의 주의력을 가져간다. 인문대에서 수업을 듣고, 사회과학대학으로 걸어갔다. 연강 수업이 있었다. 유튜브로 노래를 듣는데, 그 사이에 광고가 나왔다. 원피스 광고였다. '아, 이제 원피스의 계절이네. 이번에 저 연예인이 이 브랜드 광고를 맡았네. 저 원피스 분위기 너무 좋은데 (사실은 조명, 화장, 카메라, 모델이 내는 분위기지만) 저거 사서 입으면 나도 저런 느낌일까? 어쨌든 안 그래도 원피스가 필요해.'

　그냥 원피스 광고를 보고 불현듯 일어난 생각들이다. 그러고 나서 또 금방 다른 것에 주의력을 빼앗긴다. 아, 늦겠다. 빨리 가야지. 광고에 잠깐 들어갔다가, 무언가 일상생활 속에 다른 것이 툭 튀어나오면 금방 거기에서 빠져나온다.

　사정이 이렇다 보니, 광고는 사람들의 의식 속에서 자기들이 주도권을 가지려면 안간힘을 써야 한다. 이런 제품이 있어요, 라고 말하고 또 말하고 또 말해야 한다. 관심은 쉽게 끌 수 있을지 몰라도 구매로 바로 이어지게 하기는 어렵다. 한두 번으로는 효과가 없다. 금방 다른 생각들에게 밀려나기 일쑤다.

광고는 언제 소비자가 구매 버튼을 바로 누를 수 있는 여건이 되는지도 알 수 없다. 운전 중 눈에 띈 광고를 보고 사고 싶다는 마음이 일어도 운전대에 손이 묶여 있어 바로 주문을 할 수 없다. 그리고 집에 도착해서 차에게 내리는 길에는 보조석 밑에 고이 묶어둔 쓰레기봉투를 가지고 내리려던 걸 잊어버린다.

그런데 차를 타고 오면서 본 광고가 생각날 리 없다. 그래서 홈쇼핑이 잘되는 건지도 모른다. 소파에 앉아서 티비로 홈쇼핑을 시청하면서 항상 가지고 다니는 휴대폰으로 바로 전화를 걸면 되니까 구매까지 쉽게 이어진다.

내 친구는 한 달 만에 목욕탕에 가서 피로를 풀 생각에 들떴다. 항상 목욕 바구니는 차에 실어두고, 목욕탕에 가지고 들어가서 쓰고, 다시 차에 두는데 그날따라 목욕 바구니가 어디에도 보이지 않았다. 한 달 전에 목욕탕 앞에다가 목욕 바구니를 잠시 놓아둔다는 게 그냥 두고 나온 것이다.

나는 편한 면 티를 샀다. 티셔츠 안쪽에 옆구리 쪽으로 상표가 길게 바느질 되어 있었는데 그 상표의 모서리가 얼마간의 시간 간격을 두고 살을 찔러서 여간 거슬리는 게 아니었다. 강의실에 앉아 있는 동안 집에 가면 이 상표부터 떼어내야지 하고선, 막상 집에 가서는 이걸 까맣게 잊어버리고 옷을 벗어 빨래통에 집어넣어버린다.

어느 날 건조기에서 이 옷이 나와 빨래를 꺼내다 말고, 거실로 가져와서 상표를 드디어 떼어냈다. 그런데 상표랑 옆구리 라인이 같이 바느질 되어 있었는지 상표만큼 옷에 구멍이 났다. 아, 이건 꿰매기가 좀 까다로우니 좀 쉬었다 해야지 했다가 또 그걸 까맣게 잊어버렸다.

그리고는 그걸 까먹고 그 옷을 입고 외출했는데 한참 수업을 듣다가 옆구리가 가려워 긁다가 손가락이 살깃에 닿기에 '아, 이거 내가 상표 떼다가 구멍 났었지 맞아' 하고 수업 중간에 깨달았다. 그리고 당시에는 집에 가면 꿰매야지 하고선 또 까먹고 다시 며칠 뒤에 그 옷을 입었다.

정말 이상한 일이다. 이건 정말 사람은 단 한 번에 단 한 가지 생각밖에 할 수 없다는 확실한 증거다. 사람의 머릿속에는 하루에도 오만 가지 생각들이 들어왔다 나가지만, 그 생각들이 서로 바통터치 하듯이 자리를 바꿀 뿐이지 어쨌든 한 번에 하나의 원칙은 확실하다. 서로 교대하는 시간이 너무너무 짧을 뿐이지. 그렇지 않으면 분명히 내 손가락이 살깃에 닿자 상표를 떼어 내서 구멍이 났던 그 기억이 떠올랐는데도, 그 옷을 입고 나갈 때는, 그 옷을 입고 강의를 들을 때는, 전혀 아무것도 이 옷에 대해 생각하지 않았다는 걸 어떻게 설명하겠는가? 나로서는 이 기억이 어디에 있다가 지금에야 튀어나왔나 의아할 따름이다.

차에 탈 때는 저번에 모아둔 쓰레기를 가지고 내려야지 하고선 정작 운전해서 가는 동안, 이 다짐은 막을 내리고 물러난다. 그리곤 다음날 볼일이 있어서 나간다고 차에 다시 탈 때 이 쓰레기봉투가 눈에 보이고, 그제야 얄궂게도 '아, 맞다. 이거 버려야 했는데' 하고 생각이 난다. 뭐, 흔한 일이잖아.

숨처럼 쉼 없이 들락거리는 디폴트 된 것들

동아시아 철학 시간에 중간고사를 대체하는 발표를 신청했다. 내 주제는 〈매트릭스〉 영화에 담긴 불교 사상이었다. 인터넷으로 자료를 찾으면서 디폴트란 단어를 봤다. 디폴트는 기본 값이라는 뜻이었다. 내가 태어날 때 기본값으로 가지고 태어난 건 내 신체다. 태어날 때부터 머리카락이나 손톱이나 발톱을 가지고 있었다. 이런 머리카락이나 손톱 발톱이 디폴트다.

그렇다면 뇌의 기본 값은 잡생각이 아닐까? 정말 아무 생각 없이 멍 때리는 시간을 가져본 적이 있는가? 나는 없다. 멍 때리는 게 아무 생각도 안 하는 거라면, 누구도 이걸 제대로 해본 사람이 있을까 싶다. 정말 수련의 경지가 깊은 명상가들이나 부처님이나 가능할 거다. 기본적으로 인간은 생각을 항상 하도록 설정되어 있다. 아무것도 하지 않고 침대에 누워 있을 때나 내리쬐는 햇볕을 받으면서 모래 위에 누워 휴가를 즐길 때도 나는 생각한다. '햇볕이 너무 뜨거운데 선크림을 더 발라야 하나'도 생각이고 '저기 지나가는 강아지 너무 귀엽다'도 생각이다.

뭔가 집중할 만한 일이 없을 때 잡념이 어김없이 생각을 장악한다. 한참 꼬리에 꼬리를 물고 현재와 과거와 미래를 쏘다니다 문득 정신을 차리고 보니 정말 많이도 여기저기 돌아다니면서 잡생각에 빠졌구나 하고 깨닫는다.

내 생각이란 건 온 동네를 목적도 없이 정처 없이 계속 헤매고 다니는 좀비 같다고나 할까. 온 정신을 몰입할 만한 것이 없을 때는 줄곧 이런 상태다. 친구와 만나서 대화를 하지 않거나, 점심시간 전까지 작성해서 넘겨야 하는 일이 없고, 특정 드라마에 채널을 고정시키고 다음 장면 장면이 기다려지면, 드라마에 빠져든 게 아니면 어김없이 내 안의 좀비가 나타난다.

한마디로 내 마음은 정처 없이 방황하도록 기본이 설정되어 있다. 몸은 여기 있는데 마음은 과거와 미래를 쏘다닌다. '내가 왜 그렇게 행동했을까? 어떻게 나한테 그 따위 말을 할 수가 있지? 도대체 어떻게 하는 게 맞았던 거지?' 최근에 일어난 사소한 일에서부터 아주 오래 전 일이지만 오랫동안 곱씹어 생각해왔던 일들을 또 떠올린다.

이런 식으로 과거를 쏘다닐 때 욕조에 받아놓은 목욕물은 넘쳐서 흐르고, 냄비는 새까맣게 타버린다. 출근길에 운전을 하다가 그 기분 나쁜 기억을 습관처럼 떠올리며, '그 미친 여자, 내가 진짜 제대로 한 판 했었어야 했는데' 하는 생각에 정신이 팔려서 가야 할 길을 지나쳐 가버렸다

내 마음은 언제고 습관적으로 방황에 빠질 준비를 하고 있다. 내 마음의 주인은 내가 아니다. 디폴트 모드 네트워크는 나에게 휴식을 주는 시간이 아니다. 누가 보면 내가 마치 머릿속에 아무것도 없이 멍하니 어딘가를 응시한다고 생각하겠지만, 과거와 현재, 미래를 정처 없이 쏘다니고 있을 뿐이다. 자기를 돌아보면서 잘못한 일은 반성하고, 그 반성을 발전할 수 있는 계기로 삼고, 잘한 일은 잘했다고 칭찬하는 건전한 시간이 아니다.

어떨 때는 쉴 새 없이 들어오는 잡념들로부터 벗어나고 싶

어서, 정신을 집중하고 몰입할 만한 대상을 찾는다. 잡생각들을 몰아내기 위해서는 뭐든 해야 한다. 현재의 순간에 나를 붙잡아둘 무언가가 필요하다. 그래서 동네 체육관에 복싱 수업을 등록했다.

하지만 복싱을 하러 가서도 마찬가지였다. 오른손으로 잽을 날리고 또 날리고 또 날리고 같은 동작을 반복한다. 그러다 또 잡생각으로 떠내려가는 내 자신을 깨닫고는 이런 내가 한심스러웠다. 도대체 어디서부터 잘못된 건지 시작을 찾아 올라가다가 결국에는 나를 자책했다. 남들은 그렇지 않은 것 같은데 도대체 나란 인간은 왜 이렇게 생겨먹었는가?

하지만 적어도 지금은 한 가지는 알고 있다. 발표 수업을 준비하면서 자료를 수집하는 중에, 관심 가는 키워드를 중심으로 이 글 저 글을 모두 열어보면서 알게 된 사실이다. 대니얼 길버트 교수는 인간의 뇌에 대해서 연구했다. 이런저런 연구 끝에 나온 결론은, 인간은 하루 중 46%를 딴 생각하는 데 쓴다는 것이었다.

나는 여전히 무언가 단서를 제공하기만 하면 부정적인 감정에 금세 온 마음이 사로잡힌다. 하지만 달라진 건, 더 이상 긍정적이고 좋은 생각을 하는 게 정상이고, 금방 다른 것에 정

신이 팔려 이 생각에서 저 생각으로 옮겨 가는 걸 비정상적인
상태라고 생각하지 않으려고 한다. 그냥 내 머릿속에 들어앉
는 뇌라는 것은 원래 그런 거니까.

왼쪽에서 오른쪽으로
굴러가는 눈동자

눈알을 굴리면 스트레스가 풀린다는 글을 봤다. 세계 정신 의학계에서 인정하는 방식이었다. 기분 나쁜 일이 떠오를 때 눈알을 끝에서 끝으로 계속해서 움직이면, 그 기억이 지워진 다고 했다. 나쁜 생각이 떠오를 때 한동안 눈알을 왼쪽에서 오른쪽으로 재빠르게 움직여봤다. 제대로 처리되지 않고 기억 속에 갇힌 나쁜 기억이 튀어나올 때마다 눈알을 굴렸다. 그게 효과가 있었는지 아닌지는 잘 기억나지 않는다.

마음이 편안해서 책을 보는 게 아니라, 책을 보면 마음이 편 안해진다는 글도 봤다. 책을 볼 만한 마음 상태가 아닐지라도 책을 읽다 보면, 책에 몰입해 빠져들게 된다. 시름도 잊고 편안한 마음이 되어, 여유도 생긴다는 뜻인 것 같다.

하지만 눈알 굴리기를 알게 된 후, 눈알의 효과가 책에도 영향을 준 게 아닌가 생각해봤다. 책을 읽을 때는 글자가 적힌 방향대로 왼쪽에서 오른쪽으로 눈알이 움직인다. 첫 줄에서 왼쪽에서 오른쪽으로 이동한 다음, 두 번째 줄에서 다시 왼쪽으로 돌아와 오른쪽으로 굴린다. 그래서 책을 읽으면 어느 정도 스트레스가 완화되는 게 아닐까?

진통제가 마음의 고통이나 우울증도 완화시킨다는 뉴스를 봤다. 복통이나 두통이 진통제로 잦아드는 것처럼, 우울한 감정이나 슬픔도 치료가 될 수 있다. 감정이 통증으로 분류되는 점이 신선하면서도 생경하게 느껴졌다. 짜증나고 고민스러운 일을 머릿속에 달고 있으면 미간도 따라 찡그려진다. 그런데 미간에 보톡스를 놓아서 미간을 찡그릴 수 없게 되면 부정적인 감정을 느끼지 않는다는 뉴스도 봤다. 기분이 나빠서 미간을 찡그리려고 했는데, 보톡스 때문에 미간이 구겨지지 않고, '아, 이건 미간이 찡그려질 만한 일이 아니야'라고 뇌가 다시 인식하고 기분이 덜 나빠지는 모양이었다.

최근에는 대장이 제2의 뇌라는 신문 기사를 봤다. 사람이

행복을 느끼게 만드는 호르몬이 장에서 90% 이상 생성된다
고 했다. 대장 관리를 잘하면 우울증을 없앨 수 있고, 지나친
식욕 또한 억제할 수 있다. '내가 기분이 그래'가 아니라 '내 대
장이 좀 안 좋아서 대장이 기분이 그렇다고 하라네'라고 이제
부터 고쳐 말해야 하는 건가.

5장
흰색, 검정색 말고
회색이 될 때

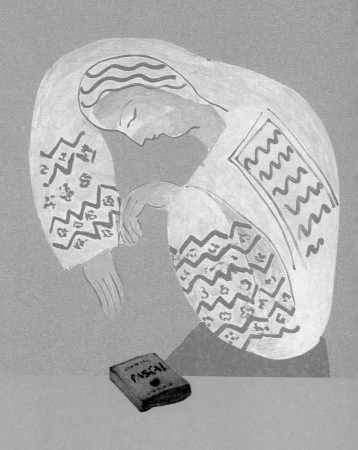

옳고 그름의 경계선

남편은 라면을 끓일 때, 라면 봉지를 싱크대에 버린다. 아니, 보관해둔다고 해야 하나. 양념통닭을 먹고 나서 양념이 묻은 통도 그대로 싱크대에 두고, 하여튼 무슨 음식이든지 겉 포장지는 싱크대 행이다. 내가 설거지 담당이므로 나는 화가 났다. 설거지 이외에 쓰레기까지 따로 하나씩 주워서버려야 하기 때문이다.

그런데 가만 보자니, 남편은 이러하다. 양념이 묻은 플라스틱 통이나 비닐은 반드시 씻어서 분리수거를 한다. 그것이 습관화되다보니 일단 음식에서 나온 겉 포장지를 모두 싱크대에

넣는 것이다. 여차저차해서 설거지 담당이 바뀌었다. 남편이 설거지 담당을 하고, 나는 어느새 음식의 겉 포장지를 살포시 싱크대에 두는 것에 익숙해졌다.

상대가 실수하는 게 있으면 따끔하게 짚어줘서 다음부턴 실수하지 않게 해야 할까? 아니면 그냥 뭐 사람이 다 하는 실수지, 하고 웃으면서 넘겨야 할까? 어느 쪽이 옳은가? 나는 오른쪽과 왼쪽을 구분하지 못한다. 왜 그런지 이유는 잘 알 수 없지만, 초등학교 때부터 그랬다.

체육시간에 발맞추어 걸으라고 할 때도 왼발, 왼발 구령에 계속 어느 쪽이 왼발인지 오른발인지 헷갈려서 다른 친구들이 하는 모양새를 보고 그대로 따라했다. 운전을 할 때도 나는 절대로 입내비를 (길을 아는 사람이 차에 앉아서 말로 안내해주는 것) 쓰지 않는다. 길을 찾아갈 때 가장 중요한 점은 적재적소의 타이밍에 오른쪽으로 빠지는 길이면, 빠져줘야 한다.

1차선에 있다가 오른쪽으로 가기 직전에 차선을 두 개씩 바꾸는 일이 내 맘대로 하고 싶다고 되는 것도 아니다. 옆에 차가 막고 있으면 못 가는 것이다. 어쨌든 내가 운전대를 잡고 내비게이션을 켜고 남편을 옆에 태우고 부산에 볼일을 보러가는 길이었다. 부산은 운전하기가 너무 까다롭고 힘들다. 중앙

선이 두 개인 도로도 있고, 교차로가 6거리인 곳도 있으며, 자아분열 수준의 도로가 상당히 많다.

내비게이션은 시각적으로 왼쪽으로 가야 하는지 오른쪽으로 가야 하는지를 잘 보여주기 때문에 왼쪽, 오른쪽을 구분 못하는 나에게 큰 도움이 된다. 그 날도 내비를 보면서 잘 가고 있었고, 내비가 보여주는 방향에 따라 옆길로 빠질 준비를 하고 있었다. 그런데 대뜸 옆에서 오른쪽으로 차선을 변경하라고 해 시키는 대로 내가 생각한 오른쪽으로 차선을 변경했지만 차는 왼쪽으로 가게 되었다. 그 바람에 오른쪽 옆길로 빠지지 못하고, 쭉 직진을 하게 생겼기에 남편이 버럭버럭 화를 냈다.

'아니, 내비를 똑바로 보고 갈 것이지. 그리고 내가 오른쪽이라고 말했는데, 왜 왼쪽으로 가고 난리야.' 딱 맞춰서 가야 하는 정해진 시간도 없고, 우리를 만나려고 기다리는 사람도 없는데, 지금 직진하게 되어서 10~20분 정도 돌아가는 것보다 우리 사이가 아주 나빠진 것이 더 큰 손해라고 생각하지 않느냐고 되물었다. 화내고 짜증내어 다음번에는 이런 실수가 없게 할 수 있다고 치더라도, 두 사람 관계는 예전 같지 않을 것이다.

실제로 볼일을 보는 내내 서로 기분이 상해서 제대로 즐기지도 못하고, 그동안 가보고 싶었던 카페에 가서도 심드렁해서 몇십 분 돌아온 시간 손해에 더해서, 커피숍의 분위기나 커피 자체도 제대로 즐기지 못했으므로 커피 값만큼도 손해를 보았다.

다른 부부의 이야기다. 여자는 수건을 한 번이라도 사용하면 세탁기에 집어넣는다. 그런데 남자는 젖은 수건을 계속 걸어두는 것이다. 여자는 몇 번씩 잔소리를 했지만 남자는 바뀌지 않았다. 그런데 그 이유인 즉, 젖은 수건을 세탁기에 넣으면 바로 세탁기를 돌리는 게 아니니 젖은 빨래가 계속 거기 있어 위생상 더 좋지 않기 때문에 세탁기를 돌리는 타이밍에 젖은 수건을 걷어서 넣어야 한다는 것이다.

또 다른 집 이야기다. 남편의 부모님과 함께 사는 여자가 있는데, 이 집 식구들은 수박 먹는 방식이 특이하다. 수박을 그냥 크게 반으로 자르고 냉장고에 넣어놓고 식구들이 돌아가면서 숟가락으로 퍼먹는다. 숟가락 하나를 수박에다가 박아놓고, 먹고 싶을 때마다 온 가족이 한 숟가락으로 크게 한 입씩 퍼먹는 것이다. 이 여자는 기겁을 하고 너무 비위생적이어서 수박에는 손도 대지 않았다. 그런데 살다보니 이 방법에 익숙해졌고, 이제는 이게 너무 편하고 좋다는 것이다.

옳고 그른 게 있을까? 지금 옳다고 생각하는 게 항상 언제 까지고 옳기만 할까? 지금 나쁘다고 생각하는 게 항상 나쁜 가? 이런 개인 간의 맞추는 사소한 일 말고, 당연히 언제나 옳 고 그른 게 있지 않겠냐고 말할 수도 있다. 살인이나 강간같이 무엇으로도 용서가 되지 않는 그런 일들 말이다.

봉준호 감독의 영화 〈기생충〉을 보러 갔다. 과연 우리가 현 실이라고 생각하는 대상이, 있는 그대로의 현실이 아니라 우 리 마음으로 여러 번 재해석된 게 아닌가! 일가족 사기단의 아 버지는 원래 있던 가정부를 죽이고, 그 가정부의 시체를 살인 이 일어났던 집 마당 나무 밑에 묻는다. 시체를 땅에 파묻는 장면에서 이런 내레이션이 흘러나온다. '요즘 트렌드에 맞춰 서 예의를 갖춰 수목장으로 보내드렸다.' 이 멘트에 나를 포함 해서 영화관에 있던 사람들이 모두 웃음을 터뜨렸다. 이게 과 연 웃을 일인가?

집주인 가족이 캠핑을 떠난 사이, 사기를 쳐서 이 집에 가정 부, 운전기사, 미술과외교사, 영어과외교사로 취직한 가족 사 기단은 거실에 한 상 푸짐하게 차려놓고 술병째 나발을 불고 자기 집인냥 호사를 누린다. 하지만 비가 억수같이 쏟아지던 날, 집주인 가족들이 캠핑을 접고 예상보다 일찍 집으로 들이

닥친다.

그 장면을 보는데 '아, 저거 들키면 어떡하나. 큰일이네. 빨리빨리 숨어라. 어떡해' 이렇게 내 마음이 조마조마했다. 이 사기꾼 일당이 들키지 않았으면 하고 바라는 거야 뭐야? 오히려 상식적으로 집주인이 갑자기 들이닥칠 때, 아 요것들 잘됐네, 지금 그냥 확 잡혀라, 이런 생각을 하는 게 맞는 건데도. 지금 영화가 중간쯤밖에 안 왔으니까 에이 설마 지금 들키겠어? 하고 있다.

일가족 사기단이 무사히 주인집을 빠져나갔을 땐, 한시름 놓은 듯 이 사건이 어떻게든 일단락 된 것에 안도했다. 나는 어떻게 하다가 이런 사기꾼 놈들을 걱정해주기에 이르렀을까? 이 사기꾼들이 들키지 않았으면 좋겠다는 마음은 도대체 어디에서 나온 걸까? 그 집 가정부와 집주인 남자를 살해한 사기꾼 일당의 아버지는 경찰의 눈을 피해 그 집 방공호 지하실에 숨어서 지낸다. 새로 입주한 외국인 가족에게 기생하면서, 새벽이면 몰래 부엌으로 올라와 음식을 훔쳐 먹고 산다.

사기꾼 아들은 돈을 엄청나게 모아서 그 집을 사겠다는 꿈을 꾸는데, 저거 당장 신고해서 저 사기꾼 일당 아버지를 잡아야 되는데, 라는 생각이 드는 게 아니라, 아이고, 아들이 무슨 일 해가지고 저렇게 삐까번쩍한 집을 사겠어, 평생 지하실에서 못 나오게 생겼구만 하고 있는 것이다. 이런 모든 편들기는 '시점'에서 나오는 것 같다. 영화는 사기꾼 일가족의 시선으로, 그 사람들을 주인공으로 이야기를 풀어나가니까, 영화를 관람하는 사람도 덩달아 같은 시선으로 발맞춰 가게 된다.

　살인범의 편을 들고 있는 나를 보면서, 지금까지 풀리지 않았던 한 가지 의문이 해결되었다. 그 의문은 바로 이거다. '누가 봐도 저 인간이 이상한 건데, 왜 저 인간 주변에 사람들은 나에게 기분 나쁜 시선을 보내면서, 저 인간 편을 드는 거지?' 미국에서 교환학생으로 1년을 살 때, 1학기는 기숙사에서, 2학기는 캠퍼스 근처에 있는 교회 건물에서 월세를 내고 살았다. 예상치 않게 한국 여자가 하우스메이트로 들어왔다.

　방 하나를 같이 쓰는 게 아니라 건물에 방이 두 개 있어서 각각 방을 쓰고 건물은 같이 공유하는 것이다. 정확하진 않지만 20살 이상 나이 차이가 나는, 나보다 나이가 한참 많은 여자였고, 허리까지 내려오게 머리를 기른 여자였다. 한국에서 대기업 부장을 하다가 미국 대학에 MBA를 공부하러 왔다.

　이 여자는 1학기에 만난 최악의 룸메이트에 대한 기억을 완벽하게 지워주었다. 거슬러 올라가보니 이 여자를 만나기도 전에 품었던 나의 마음가짐이 떠올랐다. '이번 학기에는 무슨 일이 있어도 잘 지내보겠다.' 1학기는 총체적 난국이었다. 망하지 않은 건 내 학점밖에 없었다. 이 여자가 1학기 때 룸메이트처럼 나를 볼 때마다 욕을 하면서 나를 괴롭히는 일이 없게 하자는 다짐 아래에선, 그 여자의 모든 행동을 용인할 수 있었다. 그렇다고 내가 크게 기분 나쁘지 않았다거나 심적으로 괜찮았던 건 아니다.

교회 건물을 운영하는 집주인이 우리에게 월세를 적게 받는 대신 (물론 내가 쓰는 방은 거의 창고 수준이었지만) 이것저것 교회와 관련된 일을 많이 시켰다. 집주인과 이 여자가 나를 쏙 빼놓고 자기들끼리 마음대로 아침 일곱 시에 커피를 내려서 지나가는 학생들에게 봉사하는 이벤트를 학기 내내 하겠다고 통보했다. 최대한 상대에게 맞춰주자는 마음으로 일주일씩 번갈아가면서 매일 커피를 내렸다.

나는 항상 도서관이 문을 닫을 때까지 공부하고, 새벽까지도 리포트를 썼기 때문에 아침 일곱 시에 일어나는 일이 너무 힘들었다. 나는 그 당시 직장인이 아니라 대학생이었다. 아침 아홉 시 수업은 절대로 신청하지도 않았으며, 매일 캠프에 온 것처럼 억지로 이른 시간에 눈을 뜨면 생체 리듬이 다 깨져서 아무리 오후에 잠을 자서 보충하더라도 하루 종일 몽롱한 상태가 된다.

그렇다고 커피를 마시러 학생들이 오는가 하면 그렇지도 않았다. 커피를 내려놓으면 그 커피 그대로 한 잔도 나가지 않았다. 커피 내리기를 막 시작한 초반쯤, 내가 커피를 내리는 주였다. 한 20분쯤 늦었을까. 이미 커피는 내려져 있고, 그 여자가 금방이라도 들이받을 화물차처럼 엄청나게 나에게 화를 쏟아 부었다. 깜짝 놀라서 전후 상황을 살피기도 전에, 내가 무언가 큰 잘못을 저지른 게 틀림없으니 일단 잠자코 있게 되었다. '넌 정말 책임감이 없구나. 그래서 어떻게 교사가 되겠니? 가정교육을 어떻게 받았기에 일을 이 따위로 해? 일곱 시에 하기로 했으면 사람이 있건 없건 간에 일곱 시에 해야지. 내가 너 대신 해주고 있어야 되겠어? 네가 이거 하기 싫으면 네가 직접 집주인한테 이딴 거 하지 말자고 말해.'

회사에서 갑질하면서 부하 직원에게 폭언하고 함부로 대하면서 살던 버릇이 나온 거라고 생각한다. 미국에 공부하러 와서도 썩은 문화에 젖어, 한참 어려보이는 내가 자질구레한 일을 다 맡아줘야 하는데, 서로 똑같이 일해야 하니 성질이 머리 끝까지 나서 참을 수가 없는 것이다.

'그래도 나 대신 커피를 내려줬는데, 내 허락 없이 내 일에 손대지 말라고 말할 수는 없지 않을까? 그렇게 말하면 우리 사이는 정말 나빠질 거야.' 이런 김빠지는 생각들로 참고 참는 날들이 이어졌다. 물론 대신 커피를 내려준 갸륵한 마음은 딱 한 번뿐이었다. 재밌는 건 또 다른 창고방 하나에 세 번째 하우스메이트가 들어왔는데, 그 언니가 이 미친 여자 대신 커피를 내린 날이 있었다.

'누가 내렸나 했네. 네가 나 대신했니?' 하고 아무 일도 아니라는 듯 넘어간 일이다. 누가 시키지도 않았는데 내 커피를 한 번 내려주고선 무릎이라고 꿇려야 되는 대역 죄인을 만들고 선, 자기가 한 일은 참 아무 일도 아닌 것이다. 유학 생활을 정리하고 떠날 때에는, 세 번째 하우스메이트를 불러 혹시 필요한 물건이 있으면 가져가시라고 여러 가지를 보여드리는데, 이 미친 여자가 허락도 없이 불쑥 들어와서는 물건을 뒤적거린다.

자기 마음에 드는 물건을 골라 집어 들고, '어차피 이거 우리한테 쓰레기 버리고 가는 거잖아'란다. 그렇다면 그 쓰레기를 가져가는 너는 쓰레기통인 것인가. 그런데 그 미친 여자에게는 잘 지내고 죽이 잘 맞는 친구들이 있다. 한 친구가 그 여자 방에 놀러왔다가 나가는데, 이 미친 여자가 그 친구를 배웅하면서 따뜻하게 안아준다. 참, 나는 그 광경을 보면서 눈이 휘둥그레 해졌다. 그리고 그 미친 여자의 친구가 나를 무섭게 한 번 쏘아보고 건물을 휙 나가버렸다. 그 여자의 쏘아봄은 이 미친 여자 편에서 나온 모든 이야기들 때문이겠지? 〈기생충〉의 주인공들에게 감정이입을 하면서 지켜보던 나의 정신 상태와 비슷하겠지?

옳고 그름의 경계선에 대해서 어떻게 마무리를 지어볼까? 지금 옳다거나 그르다고 생각하는 것은 언제든지 바뀔 수 있다고 결론을 내리고 싶다. 나의 생각이란 것은 시시때때로 변하기 때문이다. 바꾸어 말하면, 당신이 무슨 생각을 취하든 그것이 그때그때 다 옳다는 것이다. 그때그때 다 그르기도 하고. '한 번 옳다고 생각한 게 있으면 적어도 3년은 유지해야지.' 그런 건 없다. 언제든 생각은 바뀌고, 이건 지극히 자연스러운 인간의 모습이다.

틀리다, 맞다의 기준

언제부턴가 이건 누가 정한 건가 궁금해 하기가 시작되었다. 대학 수업을 들으면서 궁금해졌다. 11시 30분에 마치는 수업은 11시 15분에 마쳐준다. 3시에 끝나는 수업은 2시 45분에 수업을 마쳐준다. 바로 다음 수업이 있는 학생들이 다른 강의실로 이동할 시간을 주기 위해서다.

그런데 수업 끝나기 10분 전으로 할지, 15분 전으로 할지 이런 건 누가 정했을까? 내가 듣는 모든 과목의 교수님이 여기에 맞춰서 다 똑같이 하시는데, 대학교 자체에서 그렇게 장려한 건지, 아니면 교수님들 간에 그렇게 하자고 회의를 한 건지, 그것도 아니면 암묵적으로 하다 보니 그렇게 굳혀진 건지 알 수 없다.

'성과 사랑의 철학'은 12시부터 1시 30분까지 수업인데 점심 때라는 것을 감안해서 학생들이 간식 먹는 것을 허용한다고 했다. 광고기호학은 12시부터 3시까지 3시간 연강 수업이고, 점심때에 시간이 걸쳐져 있지만, 여기가 영화관은 아니지 않냐며 뭐든 먹는 건 금지라고 했다..

또 어떤 수업은 출석을 한창 부르는 중일 때 들어와도 자기 이름을 부를 때 대답을 못했으면 지각이다. 이렇게 지각에 엄격하지만 수업 마치기 5분 전에 들어와도 수업은 어쨌든 들어온 거니까 지각으로 인정해주겠다고 했다. 또 다른 수업은 자기 이름이 불릴 때, 대답을 못 했어도 출석 부르기가 끝나지 않을 때 들어오기만 하면 지각 처리를 하지 않는다. 이름이 앞에 적혀 있고, 뒤에 적혀 있는 차이로 차별이 생겨서는 안 된다는 게 이 수업 교수님의 생각이었다.

지각이나 간식 같은 것들은 교수님 마음이다. 대학이 정했든, 교수회의에서 정했든, 교수님 각자가 자율적으로 정했든 이 세상 규칙이란 것들은 전부 다 인위적이다. 각각 다른 생각을 가진 개개인이 같이 모여서 뭔가를 하려다 보니, 이런 인위적인 규칙을 만들어야 한다. 이런 규칙이란 게 편의를 위해서 있는 것이지, 이게 좋다거나 최선이라거나 그런 게 아니다.

일제강점기에는 결혼하지 않은 미혼 여성은 정신병자였다. 결혼하지 않겠다고 하는 여자가 있으면, 분명히 어딘가 신체적 결함이 있거나 정신적으로 아파서라고 전문가들은 의견을 내놓았다. 그 당시 신문기사에는 30세가 넘어도 결혼하지 않은 여성에 대해 이렇게 적혀 있다.

'정신의 질환이 생기고 고민 상태에 빠지고 몸이 수척해지고 빈혈 신경통 히스테리. 월경부정 생식기관이 위축될 것. 이러한 정신병적 히스테리는 오직 결혼이라는 규범적 방식으로의 편입을 통해서만 치료될 수 있을 뿐이었다. 이유 없이 시름시름 앓는 처녀가 있어 최후의 방책으로 결혼을 시키자 고통이 일석에 씨슨 듯 가신 듯 업서지고 오히려 몸이 비대하여지고 건강이 병나기 전보다도 멧곱이나 되였다.'

이 신문기사에 따르면 30대의 미혼 여성은 병자인데다가, 결혼만 하면 그 병은 완쾌된다. 이유도 없이 시름시름 앓아서 그 당시 의학으론 도저히 치료가 불가능한데, 아니 글쎄, 결혼을 시켜버리니까 거짓말처럼 병이 씻은 듯이 나았다는 것이다. 지금 들으면 너무 어이가 없고, 웃기는 소리다.

하지만 그 당시에는 사람들이 이 이야기를 정말 진지하게 받아들였다. 똑같은 30대 미혼 여성을 두고 조선시대에는 이 여성을 불치병환자라고 부르지만, 지금은 그냥 평범한 시민일 뿐이다. 연애는 필수지만 결혼은 선택인 시대가 되었다. 남자, 여자를 떠나서, 요즘은 자발적으로 연애하지 않는 비연애자들도 있다. 결혼이나 연애로 너무 많은 정신적 에너지를 낭비하기 싫고, 연인과의 갈등에서 자유롭고 싶기 때문이다. 사실, 연애나 결혼 말고도 인생에 재미있는 것들이 많다. 그러나 나는 연애를 할 때가 제일 재미있었다.

금기

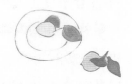

아이들은 순수한 호기심으로 곧잘 묻는다. 아기는 어떻게 생겨요? 내가 어렸을 때는 아기는 다리 밑에서 주워온다는 이야기를 많이 했다. 어떤 나라에서는 큰 새가 아기를 보자기에 넣어서 물어다준다고도 말한다. 남자와 여자가 생물학적으로 어떻게 만나야 아기가 생기는지, 부모는 그런 일련의 과정을 자세하게 말해주지 않는다. 아직 그럴 필요까지 없다고 생각하기 때문이다.

나는 '성과 사랑의 철학'이라는 과목을 듣고 있다. 가끔 수업 시간에 성에 대해 논할 때 어쩐지 모를 불편함을 느낀다.

어떤 개방적이고 진취적인 성적 입장에서 말을 하다가도, 상대방이 내가 마치 그렇게 하고 있는 것으로 오해하지 않을까 하는 걱정이 들었다. 성에 대해서 아무렇지도 않게 적극적으로 말하는 태도로 인해, 상대가 나를 성적으로 오픈되어 있는 사람으로 부지불식간에 생각해버릴 수 있다는 가능성도 배제할 순 없기 때문이다.

마치 보통 사람들이 자신의 월 수익이나, 자기가 가진 재산의 정확한 액수를 사람들에게 드러내놓고 말하지 않는 것과 같다고 해야 할까, 아니면 굳이 내가 하루에 방귀를 얼마나 자주 뀌는지 혹은 하루에 코를 얼마나 후비는지 말하지 않는 것처럼 말이다. 사람이기에 방귀를 뀌고 코를 후비는 것은 생리현상이라 당연한 일이지만, 굳이 사람들에게 드러내놓고 말을 하진 않는다. 물론 팔이 가려우면 사람들 앞에서 팔을 긁을 텐데, 방귀를 뀌거나 코를 후비는 일은 사람들 사이에서 더러운 일로 통하니까 드러내놓고 하지 못하는 걸 수도 있다.

이러한 사회적 금기를 우습게 여기고, 이것들은 모두 인간을 억압하는 수단일 뿐이라고 주장하는 방탕한 귀족이자 죄수이고 정신병자이면서 소설가인 '사드'라는 사람이 있었다. 그는 마조히스트 (다른 사람에게 두들겨 맞으면서 쾌감을 느끼는 사람) 이면서 동시에 사디스트 (다른 사람을 학대할 때 성적으로 쾌감을 느끼는 사람) 였다. 그는 매춘, 간통, 근친상간, 살인과 같은 일은 인간을 자유롭게 하고, 인간이 할 수 있는 가장 자연스러운 일이라고 주장한다. 배가 고프면 밥을 먹고, 잠이 오면 잠을 자는 일과 같다.

그는 극단적인 쾌락주의자로, 인간의 잔인성은 타고난 본성이며, 이것은 인간이 살아갈 힘의 원천이라고 말한다. 그에게 있어 사람이 선행을 베푸는 것은 위선이며, 그것은 단지 과시하고 싶고, 허세를 떨고 싶은 마음에서 나오는 속임수일 뿐이다. 사드는 독이 든 사탕을 창녀들에게 먹이고 서로 때리게 하여, 그들의 목숨을 위태롭게 했다. 다섯 명의 소녀와 한 명의 소년을 하인으로 고용한 뒤, 그들을 데리고 음란한 행동을 하고 가학 행위를 즐겼으며, 거기에 만족하지 않고 그들을 실험 대상으로 삼고 살인까지 저지른다.

살인은 인간이 자연의 힘을 덜어주는 일로 이것 또한 칭찬할 만한 일이라고 했다. 사람이 때가 되면 자연으로 돌아갈 것인데, 그때를 다른 인간이 조금 더 앞당겨주었을 뿐이라며 대수롭지 않게 여겼다. 결국 그는 재판에 넘겨지고 감옥에 갇힌다. 잡혔다가 풀려나기를 반복하는 사드는 그 사이사이에 많은 소설을 썼다. 그의 소설 《미덕의 불운》에서는 그가 종교를 어떻게 생각하고 있는지 드러나 있다. 인간은 너무나 모르는 것이 많고, 알 수 없는 두려움이 찾아오면 그걸 해결하기 위해 종교를 찾는다고 되어 있다. 사회에서 인간에게 말도 안 되는 것을 강요하고, 인간이 하고 싶은 걸 하지 못하게 막으면 머릿속이 복잡해지면서 모든 것을 어디에다가 맡겨버리고, 의심하거나 스스로 검토하는 일은 접어버린다는 것이다.

그는 신은 절대 선하지 않다고 말한다. 인간이 하는 일이 마음에 들지 않으면, 큰 전쟁을 일으켜 버리고 흑사병을 뿌리고 가뭄과 홍수를 보내어 보복을 하는데 어찌 그런 신이 선하다 말할 수 있냐며 되묻는다. 사드가 한 말이 맞나 틀렸나를 떠나서 인간 본성이 잔인한가에 대해 생각해볼 여지가 있다. 진짜 사드 말대로 인간이 잔인하고 싶어서 죽겠는데 그것을 못하게 하니까 무기력한 바보가 되는 걸까?

아침에 강아지와 산책을 하다 놀이터 앞에서 바닥에 지나다니는 작은 벌레를 작은 구둣발로 콩콩 뛰어다니면서 밟아 죽이는 여자애를 만났다. 애니메이션에서 공주가 입고 나올 만한 원피스를 입고 구둣발로 개미보다 조금 큰 벌레를 보이는 족족 밟아 죽이고 있었다. 내가 어렸을 때 내가 직접 동물을 괴롭히거나 죽이는 일은 없었지만, 꼭 무리 중에 한두 명은 개구리를 잡아 콘크리트 바닥에 내동댕이쳐서 피가 터져 죽는 걸 보여주거나, 잠자리를 잡아 날개를 다 떼어내고 다리로만 바닥에서 빙빙 도는 걸 구경하는 애들이 있었다.

그리고 그걸 기억한다는 것은 나도 옆에서 그걸 봤다는 뜻이다. 그러지 말라고 말린 적은 없는 것 같고, 그게 말이 안 되게 잔인한 짓임을 알고 난 이후에는 어울려 다니지 않아서 그런 광경을 볼 일이 없었던 것 같다. 그게 아니면 각자 나이가 들면서 그런 일에 더 이상 흥미를 느끼지 못한 것 같기도 하다.

그런데 꼭 이렇게 잔인하게 개구리를 내동댕이치진 않았더라도, 장난삼아 죽게 한 적이 나도 있다. 개미 몇 마리를 모아놓고 침을 흥건하게 뱉어서 홍수가 났다고 하기도 하고, 벼농사를 짓기 위해 물을 대어놓은 논에 개구리들이 알을 낳아놓으면, 그 알을 싹 걷어 와서 깡통에 넣고 부화시키겠다며 다 썩게 만들기도 했다. 가만히 보니 나도 동물을 괴롭히고 학대한 것에서 자유로울 수는 없겠다.

고1 때 있었던 일이다. 우리 학교는 매달 한 번 모의고사를 쳤는데, 각 교시마다 선생님이 들어와서 문제지와 답지, 수정 스티커를 나눠주고 나갔다가 종이 치기 전에 들어와서 답지를 걸어갔다. 내 뒷자리에는 항상 말끝마다 '쓰'를 붙이는 애가 앉아 있었다. '밥 먹었쓰, 내가 어제 시내에 나갔잖쓰'같이 늘 말끝에 쓰를 붙였다.

어쨌든 모의고사를 치는 날이었고, 언제나 답안지 수정스티커는 모자랐다. 선생님이 수정스티커를 나눠주는 날은 수정액 사용이 금지되었다. 마킹하는 동그라미 크기에 맞춘 작은 스티커들이 다닥다닥 붙어 있는 종이를 맨 앞자리부터 죽 돌리면 언제나 우리 쪽에는 모자라고 잘 오지도 않았다. 어렵게 수정스티커가 내 손에 들어왔고, 이걸 2번으로 고칠까 3번으로 고칠까 극도로 집중해서 고민하고 있는데, 몇 장 남지도 않은 수정스티커를 달라고, 내 뒤에 앉은 애가 나를 거칠게 잡아당겼다. 야, 빨리 달라고. 그래서 나는 기분이 좋지 않았다. 답안지를 제출해야 하는 시간은 다가오고, 나는 아무 대꾸 없이 수정스티커를 휙 그 애 책상 위에 올려주었다.

그런데 이 애가 자기에게 기분 나쁘게 수정스티커를 줬다면서 그날 이후부터 나에게 앙심을 품고 매일매일 나에게 욕설을 했다. 왜 나에게 욕설을 하는가에 대해서도 학년이 바뀔 때에야 그 애와 친하게 지냈던 다른 친구에게 전해 듣고 알게 되었다. 수업시간에 선생님의 질문에 내가 대답하면, 그때를 놓치지 않고 아주 작은 목소리로 욕을 했다. 복도에서 마주치거나 교실에서 지나치게 될 때 나만 들을 수 있는 작은 목소리로 욕을 해했다.

저렇게 들릴 듯 말 듯 혼자서 욕을 중얼거리는데 어떻게 대해줘야 할까 고민했다. 뭐 때문에 자기가 화가 났는지 말을 하지도 않는데, 내가 직접 납시어 그 아이의 문제와 불만을 접수하고, 사과할 건 사과하고 아닌 건 아니라고 친히 말해줘야 하는가? 듣자 하니, 그 애는 집에서는 나이 차이가 많이 나는 동생한테 매일 지고, 동생이 내다 꽂은 포크에 찍혀도 울기만 하는 아이였다.

학교에 와서는 멀쩡해 보이고 기도 좀 세 보이는 나라는 애가 자기가 욕을 하는데도 아무 반응을 못하고, 자기 마음대로 대하고 있다는 생각에, 나를 쥐락펴락 하는 기분을 느끼는 것 같았다. 가만히 당해주는 나로 인해서 그 아이의 자존감은 무럭무럭 자라났다. '저렇게 정신 나간 행동에 일일이 반응할 필요없어. 그냥 무시하는 게 상책이야'라고 애써 태연하려고 했지만, 나는 점점 시들어갔다. 매일 욕설에 시달리는 데도, 내가 내 자신을 지켜주지 못했기 때문이다.

아무리 손사래를 쳐서 쫓아내도 계속 달라붙는 똥파리 같왔다. 실내화나 책으로 그 애 머리통이라도 한 대 때려줬으면 어땠을까 싶다. 동생에게 포크로 찍혔을 때처럼 울어버렸을까? 집에서 계란을 가져가 그 애 머리에다가 손으로 꽝 눌러 내리쳤다면 어땠을까? 그 애 머리에다가 내리치려고 학교에 날계란까지 들고 온 완전 정신 나간 애로 전교에 소문이 났을지도 모른다. 아니면 내가 잔인해서 이런 공상을 했던 걸까? 아니면 잔인하게 굴면 안 된다고 사회가 가르치고, 괜히 그런 짓을 했다가 그 애한테 욕은 욕대로 먹고, 도리어 내가 학교폭력 가해자로 낙인찍히면 어쩌나 겁이 났던 걸까? 사드의 말대로 나의 잔인성이 나오지 못하게 나를 억압해서 내가 무기력감을 느낀 건가?

햇볕만 내리쬐지
않았더라면

우발적 살인은 사람이 욱하는 마음에 사전에 계획하지 않고 누군가를 살해하는 것이다. 사람을 죽이고, 재판장에 서 있는 범인들은 하나같이 우발적인 범죄였다고 주장한다. 우발적인 경우, 계획한 범죄보다 형량이 줄어드는데 법정에서 그렇게 하는 이유는 뭘까?

범행은 계획적이나 살인은 우발적인 피의자가 있는가 하면, 살인은 우발적이지만 사체 유기는 계획적으로 한 피의자도 있다. 카뮈의 소설 《이방인》에는 정말 우발적인 살인이 등장한다. 현기증이 날 정도로 너무 더운 날, 한 발자국 뗄 힘도 남아 있지 않아 햇빛을 피할 수도 없이 온 몸으로 다 받아내는 짜증이 머리끝까지 치솟은 상황이다. 시비가 붙었던 남자가 칼을 뽑아 들고 주인공을 쫓아왔다.

　그 남자가 주인공을 향해 칼을 겨누었을 때, 강렬한 햇볕이 칼날에 반사되어 주인공의 이마를 쑤셨다. 수차례 얼굴이 진짜 칼에 찔리는 듯한 고통을 느꼈다. 주인공은 권총을 꺼내어 남자를 쏴버리고, 죽은 것을 확인하고도 다시 네 발을 더 쏘았다. 정말이지 그렇게 하지 않고서는 못 견디는 상황이 있다. 자신의 의지로는 어찌할 수가 없었다. 주인공의 입장에선 그렇게 될 수밖에 없었다고 말할 수 있는 상황이었다.

　하필 그날 뜨거운 햇볕이 내리쬐지 않았더라면, 그 아랍인이 뽑아든 것이 빛에 반사되지 않는 몽둥이였다면 그날 살인은 일어나지 않았을까? 극도로 치밀어 오른 짜증이 이미 죽은 시체에다 네 발의 총을 더 쏘게 했다.

제가 죽여 드릴까요?

예전에 최장수 노인의 인터뷰 기사를 읽은 적이 있다. 기사에서 기자가 이런 질문을 했다. 그동안 오래 사시면서 정말 밉고 싫은 사람들은 많았나요? 그러자 그 노인이 말씀하시길, 내가 이렇게 오래 살다보니 다 나보다 먼저 가버렸어. 그게 무슨 뜻이냐고 다시 물어볼 필요 없이, 다들 이게 무슨 뜻인지 알 것이다. 산 사람도 아닌데, 어차피 죽어버린 사람을 미워하면 뭐 하겠어, 라는 생각이 자연스럽게 드는 것이다.

죽으면 다 끝나버리는 건가. 여기 이 지점에서 내 공상이 무럭무럭 자라났다. 집안에 틀어박혀 어떤 일도 할 수 없고, 사람

들을 만나는 것이 두려워진 사람이 있다고 하자. 그 사람은 첫
직장에서 직장상사로부터 인격적 모욕을 매일 견뎠다. '살
이 왜 그렇게 쪘냐? 그 나이 먹도록 도대체 뭐한 거야? 너는
생각이란 걸 하니? 아무 생각이 없는 애 같아. 머리는 장식품
이니? 잔말 말고 시키는 대로 해. 저거는 기본이 안 되어 있어.
여자가 따라주는 술이 더 잘 넘어가지.' 폭언과 성희롱을 견디
다 못해 퇴사했지만, 오랫동안 정신과 치료를 받아야 했고, 손
목을 긋고 싶은 자살 충동도 느꼈다.

이제는 그 상사가 어디에 사는지, 어떻게 지내는지 전혀 알
지 못하고 볼 일이 없는데도, 매번 그 상사가 자기를 짓밟았던
사건을 곱씹으면서 하루하루 저주 같은 날을 보낸다. 하루에
도 수십 번씩 머릿속으로는 그 상사를 죽여 버리고, 자기도 죽
는 상상을 한다. 옆에서 이런 모든 일들을 잘 알고 있고, 너무
나 안타까운 마음으로 이 사람을 걱정하는 친구가 있다.

그게 바로 나다. 나는 친구 대신 그 상사를 죽이려고 한다.
우선 나에게는 사람을 고용하기 위해서 조금의 돈이 필요하
다. 사진을 진짜처럼 합성하고 만져줄 수 있는 전문가가 필요
하기 때문이다. 어느 남모를 장례식장에 들러 영정사진이 올
라간 단상의 사진을 찍는다. 잔인하게 칼로 찢겨 죽은 시체의

사진도 구한다. 그리고 그 사진에다가 직장상사의 얼굴을 정교하게 진짜처럼 가져다 붙인다면 어떨까?

친구가 당장은 믿더라도, 언젠가는 들통이 날 수도 있겠지만, 바로 내 옆집에 사는 사람도 잘 마주치지 않고 사는 세상 아닌가. 친구와 직장상사가 서로 약속을 하고 만나지 않는 한, 우연히 마주칠 가능성은 정말 희박하다. 그렇게도 죽이고 싶을 만큼 증오했던 상사가 자신이 원하는 대로, 자신이 원인이 되어 죽었다는 걸 친구가 알게 되는 순간을 상상해보자. 친구는 그동안 약물 치료로도 다스릴 수 없었던 그 불안한 생활을 끝낼 수 있을까? 모든 심리적 병증의 원인이 사라졌으니, 정말 죽어버리면 이렇게 풀려버리는 것에 약간은 허탈하면서도, 상대에 대한 마음이 넉넉해지기 시작할지도 모른다.

'이렇게 죽여 버려야 할 정도는 아닌 것 같은데, 그동안 내가 너무 작은 일에 심각하게 매달렸던 것 아닌가. 사람이 고약하면 그런 말을 내뱉을 수도 있는데, 내가 재수가 없어서 그런 인간 밑에 걸려든 거지만.' 어쩌면 자기가 부탁하지도 않았는데, 그 상사를 죽여 버리고 살인범이 된 친구가 너무 무서워서 혹은 경찰이 자기를 범인으로 지목할까봐 두려워서 숨어버릴지도 모른다. 아니면 사진을 증거로 제시하고 있었던 모든 일을 경찰에 가서 말하고 친구를 고발할지도 모른다.

　자신으로 인해서 잔혹하게 살해당한 상사에게 죄책감이 올라오면서도 이런 생각이 동시에 든다. 내가 자신을 지키지 못했다는 자책감을 느낄 때보다 '내가 너무 심했나'라고 생각하는 쪽이 정신 건강에는 훨씬 좋은 거구나. 나중에 상사가 죽지 않았다는 걸 알게 되면 안도할지도 모른다. 내 친구가 살인범이 아니라서 정말 다행이다. 그냥 죽었다고 생각하고 내 인생 살아가면 되는 거 같아. 이 사실을 알게 되기 전까지 정말 죽었다고 생각하기도 했잖아.

직관적으로

　　MBTI 성격검사는 인식형 인간과 직관형 인간을 이렇게 설명한다. 보통 자기가 좋다거나 나쁘다고 생각하는 것에 대해 이유나 근거를 잘 대면 그 사람을 논리적인 사람이라 부른다. 인식형 인간들은 논리적인 사람이다. 인식을 주로 쓰는 사람들은 다른 사람이 말할 때 처음부터 끝까지 들으면서 최대한 많은 퍼즐 조각을 수집하려 한다. 상대를 이해하고 판단을 내리기 위해서는 많은 정보가 필요하기 때문이다. 조금 더 예리하게 가자면, 말하는 사람의 태도는 물론이거니와 그 사람의 목소리 떨림이나 단어 선택까지도 포함될 수 있다.

반대로 직관은 곰곰이 잘 생각해보는 과정 없이 거침없이 순식간에 무언가를 알아차리는 것이다. 직관적인 사람은 다른 사람들의 이야기를 듣다보면 이미 상대가 말하려는 것의 결론까지 먼저 다다른다. 직관하는 사람은 생각의 속도가 빠르다. 그렇다보니 인식하는 사람들처럼 일처리가 정확하지 못하다.

　물론 직관적으로 떠올리고, 결과물을 낼 때는 인식형처럼 꼼꼼하게 수정하고 또 수정하고 완벽을 기하는 사람도 있다. 어쨌든 대체로 인식형 사람들은 많은 자료를 수집하고 분석하며, 완성된 일도 꼼꼼하게 확인한다. 직관적인 사람은 일처리가 신속하고 비약적이다. 인식하는 사람이 문제를 해결하기 위해 꼼꼼하게 자료를 모으는 동안, 직관적인 사람은 약간의 자료만 가지고도 이미 해결책까지 머릿속에 그려진다.

　알아서 하라는 상사의 말에 어떻게 알아서 하는 건지 물어보는 사람은 인식형이고, 몇 학점을 빠뜨려서 한 학기를 더 다니는 사람은 직관형이다. 인식하는 사람에게 직관적인 사람은 성급하고 부정확한 사람으로 낙인찍힐 수 있다. 직관하는 사람에게 인식하는 사람은 느려터지고 답답한 사람으로 낙인찍힐 수 있다. 인식하는 사람의 말은 상세하고 구체적이며, 상대적으로 말의 양 또한 아주 많다. 하나하나 꼼꼼하게 다 전달해야 하기 때문이다. 반면에 직관적인 사람이 하는 말은 간결하고 은유적이다. 물론 인식을 쓰느냐 직관을 쓰느냐로 어느 하나로 딱 고정된 사람은 없다. 어떤 것을 얼마나 주로 쓰느냐의 문제다.

직관이나 영감 같은 것은 골똘히 생각해서 되는 게 아니다. 편집자가 정해준 주제를 받아들고, 시인이 마감시한에 맞추어 머리를 쥐어짤 때 어딘가 찾지 못하는 곳으로 꽁꽁 숨어버리는 게 직관이다. 직관은 의식적으로 불러낸다고 해서 나오는 게 아니다. 시상이 떠오른다고 하지 시상을 떠올린다거나 생각해낸다고 하지는 않는다. 이런 시상은 내가 봤다거나 맛보았다거나 내 귀로 직접 들었다거나 내가 직접 만져봤다고 하는 것과는 차원이 다르다. 직관적으로 뇌리를 스치듯이 떠오르는 이미지다.

노벨물리학 수상자 리처드 파인먼은 수학적으로 문제를 풀지 않는다. 문제를 풀 때 어떤 그림 같은 것이 눈앞에 계속 나타나고, 그것을 따라가면 답이 보인단다. 화학자 케쿨레는 뱀이 마구 엉켜 있는 꿈을 꿨다. 그 꿈이 벤젠의 고리 구조식을 밝히는 열쇠가 되었다. 아마도 벤젠의 구조가 자신의 꼬리를 물고 있는 뱀의 모양인가보다.

아인슈타인이 상대성이론(상대성이론이 뭔지는 나로선 잘 모르지만)을 발견할 때 언어 같은 것은 전혀 어떤 역할도 하지 못했다고 말했다. 어쨌든 그 또한 말로 표현할 수 없는 무언가가 이런 과학적인 이론조차 풀리게 했다는 것이다. 바흐에게는 악상이 저절로 떠오른다. 그는 말했다. '문제는 그 악상을 찾아내는 것이 아니라, 아침에 일어나 침대 밖으로 나오면서 그것들을 밟아 뭉개지 않는 것이다.' 많은 음악가들이 잠들기 직전 약간의 몽롱한 상태에서 떠오른 악상을 살리거나, 샤워를 하는 동안 흥얼거린 멜로디가 대단한 곡으로 탄생하는 경험을 한다.

그룹 퀸의 리더 프레디 머큐리는 영감이 떠오르면 바로 멜로디를 치기 위해 머리맡에 피아노를 두었다. 그건 편안하게 휴식을 취하려 침대에 누워 있을 때 영감이 떠오른다는 뜻이기도 하다. 찰나적인 곡의 영감이 프레디에게 왔을 때 그는 그것을 놓치지 않았다. 그 영감이 곡으로 이어졌고, 실제 노래를 녹음할 때는 완벽을 추구했다.

퀸의 일대기를 그린 영화 〈보헤미안 랩소디〉에서 '보헤미안 랩소디'를 녹음하는 장면이 그려진다. 퀸의 멤버 로저 테일러는 '갈릴레오' 가사를 수도 없이 부르다 지쳐서 결국 이런 대사를 던진다. "Jesus, how many more galieos do you want?" 프레디 머큐리는 만족스러운 결과가 나올 때까지 끈질기게 녹음에 매달린 것으로 유명하다.

나는 되도록 남으로부터 이성적이고 상식적인 사람이라는 소리를 듣기 위해 노력하면서 살아온 것 같다. 가끔은 곰곰이 생각한 후, 반박의 여지가 없고 내가 내건 이유들이 타당하다고 생각해서 말하더라도 상대로부터 공격을 당할 때가 있다. 거기에는 오류가 있다거나, '그건 네 생각일 뿐이야'라는 말이 되돌아온다. 그래서 나의 오감, 남의 오감까지 다 동원해서 뭔가를 해보려고 했다.

내가 보고 느끼고 읽고 들은 것들과 남이 보고 느끼고 고민한 것들, 어떨 땐 직관적으로 무언가가 떠올라도 '아, 과연 이게 맞을까'라며 스스로를 의심하고 남들이 납득할 만한 이유를 찾아내려고 한다. 곰곰이 생각한 것도 퇴짜를 맞는데, 이렇게 즉흥적으로 떠오른 게 과연 쓸 만하냐는 생각에서다.

'직관적으로 그렇게 생각했어'는 남들의 인정을 받을 수 없을 것만 같고, 실제로 무언가 눈에 보이는 결과물이 나올 때까진 그렇다. 그동안 나무만 보느라 급급했다면 이제는 그 숲이라는 걸 보는 거, 영감을 떠올린다는 게 뭔지 알고 싶다. 하지

만 그 직관이란 게 천재들에게도 밥 먹듯이 찾아오는 것은 아
닌 듯하다. 보통 우리가 미루어 짐작하는 게 이런 천재는 시도
때도 없이 영감이 떠올라 매번 노트에 기록해야 할 정도라는
식이다. 하지만 아인슈타인은 한 인터뷰에서 이렇게 말했다.
'아, 그럴 필요는 없어요. 영감이 떠오르는 일이 거의 없으니
까.'

나에게는 직관적인 친구가 있다. 새로운 사람을 만나면, 직
관적으로 그 사람에 대한 느낌이 색으로 떠오른다. 이성적으
로 따지려고 들면 직관의 힘이 발휘되지 않는다고 한다. 자기
를 내려놓지 못하고 '봐야지, 봐야지' 하면 절대 안 보이고, 그
냥 편안하게 있으면 보인다고 한다. 여기서 보인다는 건 진짜
아무 생각 없이 훅 지나치는 찰나 같은 이미지다.

집 앞에 주차되어 있는 차의 기종이나 색깔이 갑자기 외출
준비를 하다 말고 머릿속을 훅 지나간다. 나가는 길에 보면 영
락없이 딱 맞다. 그리고 예능 프로를 볼 때 둘 중에 누가 이길
까 하면 먼저 느낌으로 찍고 확인하는 걸 많이 해봤다고 한다.
이성적으로 누가 재빠르니까 저 사람이 계속 이기고 있으니까
같은 거 말고 느낌이 시키는 대로 무의식을 열어놓고 직관에
맡기는 연습을 많이 했다고 한다.

말의 힘

불판 위에서 몸을 이리 비틀 저리 비틀거리면, 주꾸미가 싱싱하단 뜻이다. 살아 있는 낙지를 팔팔 끓는 전골에다가 바로 퐁당 빠트려서 먹으면 아주 제 맛이다. 하지만 애석하게도 문어과에 속하는 연체동물들은 뛰어난 지능을 가지고 있다. 어떤 과학자는 강아지와 비슷한 수준이라고 말하기도 한다. 이 동물은 뇌뿐만 아니라 다리에도 생각하는 능력이 있다. 병에 넣고 뚜껑을 닫으면, 1분 만에 뚜껑을 열고 탈출한다.

문어, 오징어, 낙지, 주꾸미는 인지 능력이 있고, 고통을 느끼고, 스트레스를 받으며, 그런 상황을 기억한다. 산 채로 불판 위에서 구울 때 엄청나게 발달되어 있는 신경세포로 엄청난 고통을 느낀다. 그들은 단지 비명을 지를 수 없고 신음소리를 내지 못할 뿐이다.

우리나라에선, 바다가재나 낙지를 산 채로 요리하지 말아야 한다는 감수성이 아직까지는 높지 않다. 하지만 스위스에선 살아 있는 바다가재를 바로 요리할 수 없다. 주꾸미가 말할 수 있다면 과연 어떻게 될까? '제발 살려주세요. 저를 저 뜨거운 불판 위에 집어 던지지 말아주세요. 다시 바다로 돌려보내주세요.' 이렇게 말을 한다면 나는 주꾸미를 먹을 수 있을까?

그런데 이번에는 주꾸미가 더 일을 크게 벌여서, 이런 잔인한 일에 대해 신문에 기고를 하고, 거리로 일제히 나와 데모를 하고, 마이크에다 대고 외쳐댄다. 불판 위에서 잔인하게 죽어가는 자기 친구와 가족들을 살려 달라. 당신의 목숨이 중요하듯이 우리 목숨도 누구보다 중요하다. 누구도 주꾸미를 쉽게 함부로 대하지는 못할 것이다.

말의 힘은 실로 놀라운 것이다. 정말 나에게 스트레스를 주는 상대가 있을 때, 내가 말을 하지 않고 가만히 내버려두면 상대는 전혀 스트레스를 받지 않는다. 만일 내가 일일이 내가 받는 스트레스에 대해서 토로한다면, 상대도 스트레스를 받는다. 내가 말하지 않으면 상대는 조금도 개의치 않을 것이고, 내가 말을 하면 상대는 나에 대해서 신경 쓰기 시작할 것이다.

아파트에 사는 내내 밑에 집으로부터 층간소음으로 아무런 항의를 받지 않는 집은 '아, 이 정도면 괜찮은 가보다' 하고 하던 대로 계속할 것이다. 어쩌면 상대 쪽에서 아무 반응이 없기 때문에 아무 생각도 하지 않을 수도 있다. 그런데 이 집 아래에 있던 사람들이 이사 나가고 새 사람이 들어오면서부터 평화롭던 일상이 전쟁터로 바뀐다.

경비실에 맡겨둔 택배 때문에 인터폰을 하는데, 그 대화 소리가 토시 하나 안 틀리고 다 들린다고 항의하는 아랫집. 텔레비전을 보다가 화장실로 조금 걸을라치면 아랫집에서 걸려오는 인터폰. 그동안 내가 발 망치를 달고 살았는데, 앞에 살던 사람이 둔감했던 건지 참아두었던 건지, 아니면 지금 밑에 사는 사람들이 예민한 건지 도대체 알 수가 없어서 가슴이 답답해서 팔짝 뛸 지경이다. 하지만 한 가지 분명한 것은 밑에 집 사람이 층간소음에 대해 말하기 시작한 이후부터 그냥 아주 미칠 것 같아지는 것이다. 그 말이란 것에 의해서 속이 타들어가고, 이사를 가야 하는지 심각하게 고민한다.

이전에는 아늑한 쉼터 같던 집이, 지금은 들어오기만 하면 가슴이 답답하고 살얼음판 같은 곳 되어버렸다. 밀란 쿤데라의 소설 속에서도 이렇게 남의 말에 신경이 쓰여 밤잠을 이루지 못하는 남자가 나온다. 그의 이름은 토마시이고, 직업은 외과의사다. 신문에 공산주의를 비판하는 글을 썼고, 고위 당국에서는 그에게 철회서를 요구한다. 하지만 철회서를 쓰지 않고 버티는 중이었다. 먼저 공산주의 쪽으로 넘어가버린 그의 몇몇 동료들은, 토마시가 마치 철회서라도 이미 쓴 듯이, '너도 이제 우리 쪽 사람이 되었구나' 하고 그를 반겼다.

공산당 당국에 회유 당하지 않고, 지조를 지키고 있는 동료들은 토마시보다 더 우월한 존재라도 된 듯이 그 앞에서 우쭐거렸다. 토마시의 생각과는 상관없이 그는 이미 사람들에게 철회서를 제출한 사람이 되어 있었다. 토마시는 이런 사람들의 태도를 경멸해왔다. 그들의 판단은 분명히 잘못되었다고 잘 알고 있었다. 하지만 그 또한 사람인지라 잠을 이루지 못할 정도로 모든 것들이 신경 쓰였다.

다른 사람의 판단에 매달리는 게 뭔지 나는 잘 안다. 내가 쓴 글을 책으로 출판해달라고 수 백 개의 출판사에 이 메일을 보냈는데, 내가 이메일을 보내자마자, 함께 진행해보고 싶다는 한 통의 답장이 왔다. 그래서 호기롭게 이런 종류의 책을

낸 이력도 없는 내가 혹시 어떤 계약 조건으로 진행하게 되는지 알 수 있느냐, 출판사에서 어떤 생각인지 궁금하다고 답장을 보냈다. 대체로 친절한 설명이었으며, 상대 쪽에서 긴 내용을 정성을 쏟아 적었다는 생각이 들었다. 그런데 그 사이에는 이런 말도 있었다.

'요즘 책은 순전히 글맛으로만 독자들이 찾지 않는다. 저자 인지도나 저자의 개성이 먼저 작용하는데, 우수진 님의 경우는 이런 에세이류의 책을 처음 쓰시는 거니, 저자의 개성으로 어필하는 방향이 돼야 하죠. 책을 내려면, 저자 자신을 '싹', '온전히' 드러내는 용기가 필요해요. 아주 적나라하게 진술하게 자기를 드러내야 해요. 더 분석적으로 보자면, 강점/약점/기회/위협 요소를 다 따지고 가야겠지만. 정리되지 않은 의견이라도 읽어봐 주셔서 감사드립니다.'

출판사에서 뭐라고 했지? 정확하게 다시 확인하기 위해서 지금 다시 메일을 읽어보니, 뭐 그렇게 기분 나빠할 만한 내용이 없다. 그런데 이 메일을 확인할 당시에는 저기 '싹', '온전히' 너를 드러내라는 말에 부정적인 감정이 올라왔다.

형식적이고 친절한 말투 속에 감추어진 메시지는 '너는 인지도가 없다'는 말이라는 생각이 들었다. 너 자신을 싹 다 완전히 독자에게 드러내야 한다는 말은 마치 실오라기 하나도 걸치지 말고 전부 드러내라는 명령과도 같이 느껴졌다. 안 그래도 글을 쓸 때, 다른 사람들과 있었던 이야기들을 적으면서, '아, 이거 나중에 따지는 전화라도 오면 어떡하나' 내심 걱정이 들었는데, 저렇게 이야기를 하니까 뭔지 모를 반항심도 생겼다.

'자기가 뭔데 완전히 싹 다 드러내라 마라야.' 내가 어디까지 나를 보여줄 것인가는 내 선택권이야.' 난 책을 살 때 한 번도 저자가 누군지 어디 출판사에서 냈는지 따진 적이 없는데 단순히 제목이 좋고, 목차가 읽고 싶다는 생각이 들게 만들고, 그 중 아무거나 펼쳐서 읽었을 때 더 읽고 싶다는 생각이 들면 그 책을 산다.

물론 내가 직장인 독서토론 모임에 회원으로 참석도 하고, 모임을 주도하기도 할 때, 책을 선정하고 고를 때는 인문 고전 분야의 추천 리스트나 유명한 책들을 찾았다. 밀란 쿤데라의 《참을 수 없는 존재의 가벼움》《무의미의 축제》, 프리드리히 니체의 《차라투스트라는 이렇게 말했다》, 알베르 카뮈의 《이방인》 같은.

'어쨌든 당신이 인지도가 없는 것은 출판시장에서 좋은 건 아니지만…'이라고 시작하는 출판사보다 '당신의 원고에서 드러난 유니크한 시선이 너무 좋아서…'라고 시작하는 출판사와 하고 싶은 것이다. 그런데 유니크한 시선이 너무 좋다고 정말 마음에 드는 원고를 오랜만에 만났다고 출간 제의를 하자마자 답장을 보내준 다른 출판사와 최종적으로는 계약하지 못했다. 그 출판사에서 출판하지 않는 쪽으로 최종 결론을 냈기 때문이다. 물론 책을 내는 데 흔하게 벌어지는 일이다.

남편이 내가 글을 쓰는데 훈수를 두었다. 개인적인 이야기보다 좀 더 철학적인 이론을 더 넣어야 되지 않겠느냐고. 남편이 그 말을 할 때, 나는 눈에 쌍심지를 켜고 내 책은 그런 철학 이론서가 아니라 아주 사적이고 지극히 나다운 생각이 담긴 책이라고 되받아치고선, 이번에는 출판사에서 너를 싹 다 온전히 더 드러내는 사적인 글을 더 쓰라고 하니까, 어쩐지 철학 이론을 더 집어넣고 싶어지는 얄궂은 마음은 도대체 어디에서 오는 걸까?

지금 내 원고는 아직 어느 곳과도 책으로 나올 수 있는 가능성은 없는 상태다. 또 다른 출판사에서 100% 모든 원고를 완성하면 그 원고를 보고 나서 계약하고 싶다는 연락이 오긴 했다. 아직 내 원고를 출판하겠다고 계약서를 쓴 건 아니니까 얼마든지 없던 일이 될 수 있다.

진짜 계약서를 쓰고도 엎어질 수도 있다. 어쩌면 '원고 다 쓰고 계약서를 서로 교환합시다'라는 출판사랑 잘 안 되면, 저기 '싹 다', '온전히' 출판사에 연락해서 대표님의 의견이 과연 훌륭하시네요, 그래서 원고에 더 많은 저의 개성을 담아 수정 보완해서 연락을 드립니다, 라고 나는 메일을 보낼지도 모른다. 그리고 이건 진심이기도 하다.

남편의 훈수에 일단 반기를 들었지만, 정말 좀 더 이론적으로 탄탄하게 적어야 할까 고민하기 시작했기 때문이다. 이렇게 나 혼자 하는 생각이나 개인적인 체험은 사람들에게 읽힐 만한 가치가 없을지도 모른다는 마음이 생겼다. 하지만 정말 많은 원고를 다루었고, 많은 책을 출판한 출판사의 대표가 더욱 더 개성을 드러내야 한다고 하니, 한편으로는 용기가 생겼다. 마음껏 나를 드러내는 일이 맞는 거였구나.

재랑은 코드가 안 맞아

　누구 잘못일까? 내 모든 것을 다 주고도 헌신짝처럼 버려진 사람이, 상대는 바뀌지만 계속해서 비슷한 연애를 반복한다면 어떻게 봐야 할까? 상대가 주는 넘치는 사랑에 고마움을 느낀다. 더구나 내가 사랑하는 나의 연인이 아닌가. 하지만 과도하게 들이부어 주는 상대의 호의가 어느 순간부터 부담스럽게 느껴진다. 그리고 못된 마음을 먹자고 들면, 이 사람은 내가 생각했던 것보다 가치가 없을지도 모른다는 생각이 스멀스멀 올라오기 시작한다.

　상대의 지나친 호의에 처음 가졌던 매력이나 환상은 반감

된다. 이런 식으로 생각이 흘러간 것을 스스로 눈치 챘든 아니든, 이별을 말할 때는 이런 말을 할지도 모른다. '네 생활도 좀 하면서 너를 더 사랑했으면 좋겠어. 그리고 너는 나보다 더 좋은 사람 만나야 해. 이건 네가 아니라 내 문제인 거 같아. 네가 좋지만 사랑하지는 않는 것 같아.'

물론 상대의 끝없는 호의에 끝없는 고마움으로 또 다른 호의로 갚으려는 사람이 분명 어딘가에 있을 것이다. 그것을 완벽하게 아니라고 말하지는 않겠다. 어쨌든 상대의 반응과는 상관없이 내가 너무 사랑해서 내가 주고 싶어서 다 퍼주기만 하는 사랑은 좋지 않은 결말을 가져올 수도 있다.

초반에는 내가 어디 가서 너같이 좋은 사람을 만나겠어, 라며 감동을 느낀다. 하지만 내가 뭘 하지 않아도 일방적으로 호의는 계속되며 잘 돌아가는 연애 속에 처음 가졌던 설렘은 점점 무뎌진다. 다른 모임이나 친구들의 약속을 더 잡고 다정하게 고맙다 말하던 태도는 온데간데없고 아주 가벼운 말투로 바뀐다.

상대 또한 그렇게 행동하고선 자책감을 느끼고, 다음부턴 그러지 말아야지 스스로 다짐하지만 또 금방 그런 태도로 돌아와 버린다. 도대체 왜 이렇게 된 건지 이유를 생각해 보다가 이제 더 이상 사랑하지 않아서, 라는 결말에 이른다.

저자세와 배려는 다르다. 비록 그것이 진리는 아니라도 사회적으로 통용되는 상식이라는 것이 있다. 이건 물론 영원불변하지도 않고 시대에 따라 관계에 따라 달라진다. 예전에는 식당이든 회사든 개의치 않고 담배를 피울 수 있었지만 지금은 길에서 피는 것도 사람들은 싫어한다. 그리고 우리는 모두 지금 어떤 게 상식으로 통용되는지 알고 있다. 세무서에 방문한 민원인들이 줄지어 앉아 각자 재빠르게 신청서를 작성하고 있는데, 거기에서 남들은 아랑곳하지 않고 트림을 하는 중년의 남자를 만났다.

순간적으로 '싫다, 왜 저래'라는 감정이 올라왔다. 트림이라는 것 자체를 우리는 그런 식으로 인지하고 있는 사회에 살고 있는 것이다. 물론 트림 자체의 본성이 더럽다거나 남들 앞에 숨겨야 하는 어떤 것은 아닐 것인데. 이렇게 트림이 더럽다고 자기도 모르는 새 올라오는 반감같이, 언제 상대는 내 호의를 저자세로 받아들이게 될까?

분명 나보다 가치가 낮은 사람이기에 이렇게까지 무리해서 나에게 매달린다고 생각하게 될까? 이 관계를 계속할지 말지가 상대의 손에 쥐어지게 되면서 관계의 균형이 무너질까? 항상 먼저 연락하고, 답장을 받지 못하더라도 나중에 시간 되면 보겠지 하고 계속 보낸다. 상대에게 베푸는 친절에는 한계가 없고 으레 갑작스런 약속 취소에도 사람 좋은 척 괜찮다고 하며 오히려 상대를 걱정한다.

자기가 잘못하지 않은 일도 상대가 화를 내면 쉽게 사과한다. 상대는 이미 자기가 조금 지나쳤나 하고 의심하는 사이, 그런 사과를 받고선 더욱 기세가 등등해진다. 내가 이렇게 행동해도 우리가 헤어질 일은 없는 거네, 라고 자만한다. 코드는 의사소통을 가능하게 한다. 의사소통이 잘되는 사람이 있고 아닌 사람이 있다. 다르게 말하면 코드가 잘 맞거나 안 맞는다.

내가 아는 어느 커플은 코드가 맞지 않아 사랑하지만 헤어졌다. 이별로 이끈 가장 큰 사건은 이거였다. 이 커플은 대학생이다. 남자가 방학 때 유럽여행을 길게 다녀올 계획이었고, 여자는 사정상 가지 못했다. 그런데 남자가 자기 동아리 친구와 함께 가겠다고 한 것. 그런데 문제는 이 친구가 여자였다.

남자는 단순하게 이렇게 생각했다. 알고 보니 자기 친구도 같은 날짜에 같은 장소로 여행을 갈 계획이다. 그리고 비행기를 타면 어차피 내 옆에 모르는 여자든 남자든 앉지 않느냐. 그럼 내가 아는 친구랑 미리 정해서 같이 앉아 가는 게 무슨 문제냐? 그리고 가서도 같이 돌아다니고 물론 숙소는 같이 쓰지 않겠지만. 아님 남녀 혼숙 게스트하우스는 뭐 같이 쓸 수도 있고. 여자친구는 그게 말이 되냐며 너무 화가 났고, 둘의 의견 차이는 전혀 좁혀지지 않았다. 그래서 헤어졌다.

또 다른 예는 그냥 너무나 일상적인 대화다. 여자가 인터넷에서 여섯 살짜리 아이가 세 자리 뺄셈을 하는 걸 보고 너무 신통방통해서 남자에게 보여줬다. 그랬더니 남자가 하나도 안 부럽다며, 애를 얼마나 혹사시켰으면 벌써부터 저걸 하냐며 불쌍하다고 한다. 여자는 이 남자와 정말 코드가 안 맞는다고 느낀다. 결혼 전에 우리가 이렇게 코드가 안 맞는 줄 알았으면, 얼마나 좋았겠냐며 여자는 한탄한다.

누가 맞다 틀리다 말하려고 하는 건 아니다. 어차피 코드화는 시대에 따라, 문화에 따라, 집단에 따라, 관계에 따라 언제나 바뀐다. 언제든 변덕을 부리는 이걸 두고, 절대 선이라거나 절대 악을 판단할 순 없다. 다이아몬드가 청혼의 반지, 영원한 사랑으로 코드화 되어 있지만, 이건 다이아몬드 회사의 단순한 마케팅에서부터 시작되었을 뿐이다. 넬슨 굿맨은 '세계는 만들어진 것이다'라고 말한다. 우리가 파악하는 세계라는 것은 우리가 만들어내는 코드로 파악된 세계다.

엔조이와 썸

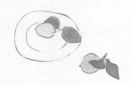

나는 대학 새내기 때 비디오방이라는 데를 처음 가봤다. '영상으로 보는 영미문학' 수업시간에 어떤 오래된 영화를 보고 감상문을 쓰는 과제가 있었다. 나는 당시에 노트북도 없었고, 그 영화를 인터넷으로 다운받기도 힘들어서 비디오방에 가게 되었다.

실제로 혼자 봤는지 같은 수업을 듣는 친구랑 갔는지는 기억이 잘 나지 않는다. 비디오방은 말 그대로 손님이 원하는 비디오를 빌려주고, 비디오 재생기가 있는 방까지 제공하는 곳이었다. 정말 허름한 티비와 허름한 소파만 덩그러니 있는 작은 방이었다. 영화보다 가격이 훨씬 저렴하고 혼자서 혹은 친구와 소수로 볼 수 있어서 또 다른 재미가 있었다.

이제 대학에 왔으니 티비에서 봤던 것처럼 쿨하게 이성 친구들과 영화를 보면 좋겠다는 생각이 불현듯 들었다. 꽤나 서로 친하게 장난을 치는 사이인 남자 선배가 떠올랐다. 왠지 영화관은 데이트를 위한 장소인 것 같고, 어떤 이유에서인지 비디오방은 개의치 않고 갈 수 있는 곳이라는 생각에서였다.

단순히 오락실 같은 개념으로. 비용도 저렴하고. 그래서 그 남자 선배에게 비디오방에 같이 가자고 문자를 보냈다. 다음 날 제출할 과제를 끝내놓고 낮잠을 잤던 터라 새벽까지 말똥 말똥 해, 문자를 보낸 시간은 새벽 시간이었다. 그리고 생각났을 때 문자를 보내두면 상대는 언제든 폰을 열었을 때 확인하면 된다고 내 쪽에서 편리한 대로 생각했다.

내가 새벽에 문자를 보내도, 상대가 한참 잠이 들었다면 아침에 언제든 자기가 일어나고 싶은 시간에 일어나서 확인하겠지. 새벽이라는 시간에 여자가 남자에게 보내는 문자메시지가 어떤 식으로 사회에서 통용되는지는 깜깜했다. 어쨌든 그 선배는 거절했고, 그냥 그런가보다 했다. 나는 남자와 비디오방을 간다는 게 어떤 식으로 해석되는지 조금 시간이 지난 후에야 알게 되었다.

또 한 가지, 지금 생각해도 내가 왜 그랬는지 전혀 이해가 안 되는 말을 한 적도 있었다. 스무 살에는 여느 대학 신입생이 그렇듯 남자 선배들의 관심도 받아보았고 왠지 여자 선배들보다 남자 선배들이 더 편하기도 했다. 여자 선배 앞에서는 왠지 모를 주눅이 들고 행동을 조심해야겠다는 생각이 들었기 때문이다. 물론 앞에서는 웃고 뒤에서는 뒤통수치는 남자 선배도 있긴 했다.

나는 중학교가 남녀 공학이었지만 그때는 남자애들하고 아예 말을 잘 섞지 않았고, 고등학교는 여고를 나왔다. 그래서 남자와 어울릴 일이 거의 없었는데, 대학에 오니 많은 남자 동기나 선배가 생기고, 그 사람들과 친하게 지내는 게 새롭고 썩 괜찮은 경험이었다. 어쨌든 어느 날은 한 여자 선배와 대화를 하다가 '엔조이'라는 말이 튀어나왔다.

평소에도 별로 날 좋게 생각하지 않는 듯한 표정과 말투를 물씬 풍기는 여자 선배가 있었다. 우연히 길에서 마주쳐 대화를 나누다가, '이제 대학에 왔으니 남자들과도 엔조이하는 거죠'라는 말을 내가 했다. 그러니 나를 색안경 끼고 보지 마, 그냥 친구처럼 어울려 다니며 인간적으로 알아 가는 거지 이성적인 감정이 있는 게 아니라고 말하고 싶었던 모양이다.

그 선배가 뭐라고 했기에 내가 그런 말을 했는지는 잘 생각이 나지 않는다. 그 여자 선배는 어쩐지 남자 선배들과 친하게 지내는 것에 대해 좋지 않은 시선으로 나를 보는 것을 내가 의식한 것 말곤. 2005년 그 당시에는 보통 엔조이하는 사이라고 하면, 어떤 정서적인 연대나 책임감 없이 일회용처럼 쓰고 버리듯이 상대를 가지고 노는 아주 부정적인 사회적 의미를 갖고 있었다.

그 당시 나로선 엔조이라는 단어는 콘서트를 즐기다, 라고 할 수도 있고, 파티를 즐긴다고 할 수도 있고 그냥 즐겁게 시간을 보낸다, 라는 뜻으로도 사용할 수 있는 거 아니냐는 생각이었다. 그런데 신입생 티가 팍팍 나던 그 시기를 지나고 나니, 내가 했던 말이 너무 부끄러워졌다. 그 여자 선배가 다른 사람들에게 분명히 사람들에게 이 이야기를 하고 다녔을 것 같다. 이 좋은 먹잇감을 허투루 넘겼을 리 없다. 나를 사람들이 어떻게 봤을까 떠올리면 수치심이 들기도 했다.

우리가 사는 세상은 이런 코드들이 점령하고 있다. 장미는 꽃이다. 그러면서 사랑이기도 하다. 이성에게 사랑을 고백할 때 건네는 장미는 '사랑'으로 코드화된다. 히틀러는 24시간 떠들어대는 라디오와 텔레비전을 이용해, 유대인의 매부리코와 곱슬머리를 열등하고 혐오스러운 것으로 코드화했다. 히틀러는 독일 시민들이 유대인을 혐오하게 만들었고 어떤 방식으로든 없애버려도 되는 민족으로 해석되게 했다.

처음 패스트푸드가 한국에 들어왔을 때 거기서 햄버거를 먹는 사람은 외국 문화를 즐기는 사람, 세련되고 트렌드에 발맞추는 사람이라고 코드화 되었다. 하지만 시간이 흘러 패스트푸드는 점점 위력을 잃고, 간편식 혹은 더 부정적으로는 정크 푸드로 코드화 되었다.

'코드'가 점령하고 있는 세상을 벗어날 수는 없다면, 피할 수 없다면 즐기면 될 일이 아닌가. 물건을 살 때나 다른 사람들을 만날 때는, 상대가 어떤 코드를 가지고 나를 유혹하려고 하는지 분별력을 가지면 되고, 내가 물건을 팔 때나 다른 사람의 마음을 얻어야 할 때는 그런 코드들을 활용하면 된다. 내가 보여주지 않는데, 남이 숨겨진 부분을 찾아내서 볼 수는 없다. 말투, 행동, 시선 등 인간이 오감으로 느낄 수 있는 것들이 모두 단서가 된다. 이런 단서들 없이 우리는 어떤 사람에 대해서 판단을 내릴 순 없다.

어떤 이유에서인지 상대가 내 눈을 계속 피한다면, 의사소통을 거부하고 있다는 생각이 든다. 그런데 상대가 자주 눈을 맞추고 고개를 끄덕이며 맞장구를 쳐준다면 내 말을 잘 들어주고 있다고 생각할 것이다. 온통 인스타그램에 욕설이 난무하고 잔인하고 보기 힘든 사진들만 올라온다면, 그 사람을 폭력적이고 교육 수준이 낮은 사람이라고 은연중에 판단할 것이다.

실제 폭력성이 나보다 심하다거나 실제로 어느 정도의 어떤 교육을 받았나와는 무관하게 말이다. 단지 우리는 사회가 만들어 놓은 코드대로 그것을 해석할 뿐이다. 외제차를 몰고 다니고 깔끔하게 정돈된 헤어스타일과 멋진 정장을 입는 남자를 본다면, 우리는 은연중에 당연히 저 사람은 돈이 많고, 전문직에 종사하는 사람일 거라고 자연스럽게 판단하게 된다.

EBS 다큐멘터리 〈인간의 두 얼굴〉에서 흥미로운 실험을 했다. 동일한 사람을 두고 사람들은 완전히 다른 평가를 한다. 그냥 집에서 감고 나온 머리에 체크 셔츠를 입은 모습을 보고 한 예상은 이렇다. 직업은 공장에서 일하고 기계 수리공, 음식점 하실 것 같다. 1년 수익은 총 1,200만 원일 것 같고, 데이트는 전혀 하고 싶지 않다.

같은 사람이 이번에는 머리를 손질하고 말쑥한 정장을 빼

입는다. 사람들은 그의 직업으로 변호사, 의사, 대기업 다니는 사람으로 보며, 말을 잘하고 논리적일 것 같다고 답변한다. 연봉도 1억 정도 받을 것 같이 보고. 어차피 사람의 본성이나 자존감이나 같은 것들은 없다. 그리고 우리는 나 자신과 다른 사람에 대해서 절대로 단번에 알 수 없다. 단지 사회가 만들어낸 코드로 상대를 퍼뜩 판단한다.

내가 대학 신입생일 때는 엔조이라는 말이 상당히 부정적인 의미였지만, 이 말은 요즘 썸으로 바뀌었다. 썸은 엔조이처럼 한번 쓰고 버리는 일회용적인 부정적인 의미의 관계가 아니다. 썸하면 두근두근 설레는 연애 감정이 떠오른다. 어디까지 썸으로 볼 것인가도 정확하게 정해진 것도 없다. 손잡는 것까지, 껴안는 것까지, 키스하는 것까지. 썸의 당사자들이 서로 썸이라고 오케이하는 수준까지가 썸이다.

아주 옛날에는 서양이든 동양이든, 사회가 개인보다 중요했다. 사회라는 단어만 있고 개인이란 단어가 아예 없던 때도 있었다. 철저하게 사회를 중심으로 돌아가는 사회에서 개인 간의 마찰은 크게 없었다. 백정의 아들로 태어나면 그냥 자기가 백정인 줄 알고 살았다.

하지만 지금은 사회보다 개인의 자유가 더 중요한 시대다.

그래서 필연적으로 갈등이 생길 수밖에 없다. 고등학생도 대통령을 뽑을 수 있게 해야 할까? 범죄자의 신상을 공개해야 할까 하지 말아야 할까? 어떤 범죄까지는 공개하고 어떤 범죄까지는 공개하지 말아야 할까? 동성 간의 결혼을 합법화해야 할까 아니면 막아야 할까? 이런 것들에 대한 사회적인 제도가 이미 존재한다.

이런 제도를 만들 당시에는 이게 최선이었을지 모르지만, 지금은 바꿔야 한다는 목소리가 많이 나오고 있다. 다시 바꾼 결과는 좋을 수도 있고, 나쁠 수도 있다. 결과가 나쁘다면 다시 다른 해결책으로 언제든 바꿀 수 있다. 코드나 규칙 같은 것들은 참으로 인위적이다. 꼭 그래야 하는 당위성도 부족하고, 진실이라거나 정의라거나 정답은 더더욱 아니다. 그렇다고 나 혼자 외딴 섬에 뚝 떨어져 오두막을 짓고 살아갈 게 아닌 한, 코드를 무시하고 살 수도 없다.

나에게로 떠나지 않는 여행

'나를 찾아서 떠나는 여행'이란 문구를 봤다. 예전에는 이 말이 꽤나 마음에 들었다. '나에게로 떠나는 여행'이란 말도 좋다. 하지만 이 말들은 시간이 지나고 나서 다시 보니 어딘가가 잘못되었다. 숨바꼭질하듯이 술래가 찾아야 하는 '진짜 나'라는 사람이 있어야 하고, 그 '나'는 어딘가에 꼭꼭 숨어 있다.

나는 그 동안 어쩌면 찾을 수도 없는 나를 찾으려는 데 몰두해왔는지도 모르겠다. 이 사회에서 다른 사람들과 관계를 맺으면서는, 나라는 사람의 이미지가 만들어지는 건 되는대로 맡겨버렸다. 그냥 굴러가는 상황에, 만나는 사람들의 반응에 그때그때 되는 대로 맡겼다. 그러고선 나는 상처받고 우울하고 무기력해졌으며, 나를 찾으러 나서겠다고 다짐했다.

대학 신입생 때는 한 번도 과모임에 나온 적이 없어서, 얼굴도 모르는 여자 선배들에게 인사를 제대로 안 했다고 핀잔을 받고, 별로 친하거나 딱히 너무 좋아하지도 않는 선배에게 한껏 고양된 목소리로 우렁차게 인사했다. 하지만 뒤돌아서서 어깨에 힘이 빠지고, 이렇게 가식적인 내가 성가시게 느껴졌다.

기간제교사를 할 때는, 부장 교사가 자기 자랑을 했는데 우와 너무너무 좋겠다면서 정말 대단한 일이라고 상대를 치켜세워 주웠다. 근데 정말 그걸 내가 개인적으로 좋아하나, 나는 왜 이렇게 기계적인 반응을 했지, 하고 자괴감이 따라왔다.

나는 철학과에 다니면서 한 가지 흥미로운 점을 발견했다. 인간에게 진정한 자아나 진짜 나 같은 것은 없다고 말하는 철학자들의 생각이었다. 우리 마음에서 바로 전과는 다른 생각이 주도권을 쥐게 만드는 주체는 '자아'가 아니라 '느낌'이나 '생각'이다. 그때 그때의 '나'가 있을 뿐이지 '진정한 나'라는 건 없다. 책은 도끼라는데, 이 말이 도끼가 되어서 내 머리를 꽝 때리는 느낌이었다.

나는 내가 부러워할 만한 점을 가지고 있는 사람을 만나면, 그 사람을 선망하고 가까이 지내려고 노력하는 사람일까 아니면 그 사람을 깎아 내리고 애써 부정하려는 사람일까? 직장인 독서모임에 한창 다니고 있을 때 밝고 풋풋한 신입회원이 들어왔다. 밝고 재치 있고 사랑스럽기 까지 한 여자분이었다.

아이유를 닮았다는 사람들의 칭찬에 '좋은 예인가요, 나쁜 예인가요?'라고 물었는데 너무 기발하고 재치 있어 보였다. 아이유의 나쁜 예로 신봉선을 닮았단 이야기는 아니죠, 라는 뜻이었다. (물론 아이유가 나으냐, 신봉선이 나으냐 같은 외모 평가는 해서는 안 되는 일이지만) 나도 저렇게 통통 튀는 반응을 할 줄 아는 사람이었던 것 같은데, 지금은 아닌 것 같아, 라는 느낌이 들이닥쳤다.

와, 사랑스럽네, 좋다 좋아, 하고 받아들이는 마음이 움직이는 게 아니라, 난 왜 저렇게 되지 못할까? 저런 발랄함이라는 게 없어진 것 같아. 나는 어두운 것 같아. 예전에는 저렇게 밝았었는데, 이런 저런 경험으로 고만고만한 안전한 말들만 하면서 살고 있는 것 같다고 나를 비난하고 내가 싫어지는 마음이 움직였다. 거기서 더 내가 나를 계속 자책하고 채근했다면, 아마도 나에게 아무것도 하지도 않은 상대를 감정적으로 싫어해버렸을지도 모른다. 나는 이런 내가 별로 좋지 않았다.

한참 시간이 지난 후에, 나는 성인을 대상으로 영어회화를 가르치고 있었다. 새롭게 신청한 반이 개강하는 날이었고, 거기에는 정말 발랄하고 재치 있는 언변을 가진 수강생을 만나게 되었다. 나는 그 분이 너무 좋아서 성인영어회화 과정이 끝나고 난 뒤에도 개인적으로 연락하면서 지금도 친하게 지내고 있다.

그렇다면 나는 어떤 사람이고 해야 할까? 내가 부러워할 만한 사람이 있으면 그 사람을 좋아하는 사람일까, 싫어하는 사람일까? 시시때때로 나는 다른 사람이다. 상대방이 혀를 내두를 정도로 집요하게 따져서 사과를 받아낸 적도 있지만, 말도 안 되는 소리를 듣고도 너무 소처럼 참아서 그게 두고두고 후회가 된 적도 있다.

예전에는 대출을 권유하는 광고 전화가 걸려오면 사람이 인정상 그냥 끊어버릴 수도 없고 한참을 전화통을 붙들고, 아 괜찮아요. 네네, 저는 필요 없어요, 같은 소리를 했다면 지금은 저축은행에서 '저'자만 말해도 바로 종료 버튼을 눌러버린다.

언젠가는 철학과 수업을 가서 아, 정말 내 영혼이 성장하는 기분이야, 오길 잘했어, 하고 나를 칭찬했고, 언젠가는 내가 이

나이에 무슨 영화를 누리자고 여기서 도대체 뭐하고 있는 거야, 다음 학기에는 무조건 휴학이야, 라고 짜증을 부렸다. 이 모든 것들은 내 안에 있는 수많은 자아다. 진정한 하나의 자아 같은 건 애초에 없다.

홀가분함, 행복함, 사랑스러움, 기쁨, 반가움, 즐거움, 통쾌함, 자랑스러움, 재밌음, 살맛남, 신바람이 남, 날아갈 듯함, 자부심, 자유로움, 화사함, 따사로움, 감미로움, 흐뭇함, 상쾌함, 뭉클함, 온화함, 정다움, 상큼함, 황홀함, 찝찝함, 괴로움, 답답함, 억울함, 우스움, 허무함, 초조함, 짜증스러움, 쓸쓸함, 하찮음, 어이없음, 야속함, 외로움, 불안함, 불쾌함, 당황스러움, 부끄러움, 따분함, 미움, 부담스러움, 불행함, 얼떨떨함, 서글픔, 애석함, 적적함, 비참함, 처량함, 조마조마함, 울적함, 허탈함, 창피함, 원망스러움, 권태로움, 안타까움, 인간의 말로 표현해 놓지 않은 나머지 감정들이 상황에 따라서, 상대에 따라서 시시때때로 들락날락거린다. 그래서 나를 찾으려는 시도는 무익하다.

그림자와 발자국이 싫어서
도망치는 남자

　장자 〈잡편〉에는, 자기 그림자와 발자국을 싫어하는 사람의 이야기가 나온다. 그 사람은 어디를 가든 따라오는 그림자와 발자국으로부터 벗어나기 위해 할 수 있는 모든 힘을 다해서 도망쳤다. 그런데 그가 빠르게 뛰면 뛸수록, 그림자와 발자국은 더 빠르고 끈질기게 그를 따라왔다. 그는 아직도 충분히 속력을 내지 못한 탓이라고 생각해, 더 빠른 속도로 그림자가 떨어져나갈 때까지 내달렸다. 결국 그는 탈진해 쓰러졌고, 끝내 죽고 만다.

　책에서는 그 사람이 나무 그늘 밑에 앉아 편안하게 쉴 줄 알았다면 그림자로부터 도망도 치고, 귀중한 목숨을 잃지도 않았을 거라고 말한다. 나무 그늘 아래에 앉아 편히 쉬었다면, 그 사람의 그림자는 가려지고, 그의 발자국도 더 이상 그를 따라오지 못했을 것이다.

나는 이 이야기를 듣고 처음에는 '그래, 역시 사람이 머리를 써야 하는군' 하고 생각했다. 그런데 조금 뒤에는 한 가지 의문이 생겼다. 나무그늘에서 한참을 쉰 다음 자리를 털고 일어나서 집에 가보자며 나무그늘을 벗어나면, 다시 그림자와 발자국이 따라올 텐데. 평생 나무그늘 아래에서만 살 수는 없는 노릇이다. 그림자와 발자국을 죽을 만큼 싫어하는 사람이 잠깐 나무그늘 아래에서 그것들이 사라진 것에 만족할 리 없다.

낮에는 햇빛에, 밤에는 가로등 불에 내 몸이 반사되지 않게 파라솔처럼 큰 우산을 늘 쓰고 다녀야 할까? 우산이 너무 무거워서 성가시다면, 한 치 앞도 볼 수 없는 새까만 안경이라도 써야 할까? 이런 것들은 둘째 치고, 이야기 속에 등장한 남자는 왜 자기 그림자와 발자국이 싫었을까? 발은 있어서 땅은 딛고 서고 싶지만 발자국은 싫다. 몸이 있어서 사랑하는 사람을 껴안고, 밥도 먹고, 축구공도 차고 싶지만, 그림자는 싫다. 이건 대단한 모순이다. 내가 발자국과 그림자를 원하지 않더라고, 내가 발이 있고 몸이 있는 이상 당연히 이것들이 생길 수밖에 없다.

이 지점에서 나는 나를 떠올렸다. 그동안 부단히 부정적인 생각을 떨치려고 했던 나, 그리고 그게 잘 되지 않자 내 자신을 탓하고 원망했던 나. 긍정적이고 밝은 생각은 가지고 싶지만, 부정적인 생각은 없애버리고 싶다는 것은 대단한 모순이었다. 내가 부정적인 생각을 싫어하지만 뇌가 생각이란 걸 하는 한 부정적인 생각은 늘 존재할 수밖에 없다.

이것은 내 의지와 상관없이, 내가 어찌할 수 없는 것이므로 현실을 있는 그대로 받아들이는 것 말고는 방법이 없다. 생각이란 걸 하니까 뭐든 배우고, 판단하고, 영화도 감상하고 책도 읽을 수 있다. 사랑하는 사람을 떠올리면서 괜히 설레게 하는 건 생각이 하는 일이다. 가만히 혼자 있으면 이 생각 저 생각, 오만 가지 생각이 떠올라 괜히 우울해지고 기분이 울적해지는 것도 생각이 그 원인이다.

이야기 속 남자가 이 세상에 존재하는 한 그림자는 늘 그를 쫓아다닐 것이다. 내 뇌는 항상 생각을 하도록 만들어졌다. 그렇다면 잡생각, 망상, 공상 같은 것들로부터 나는 자유로울 수 없다. 내가 생각이란 것을 해야 하는 한 부정적인 생각과 긍정적인 생각은 늘 공존한다.

뇌는 한 번에 한 가지 생각만 나에게 보여줄 수 있다. 물론 다른 생각이 언제든지 그 자리를 꿰찰 수도 있다. 여러 가지 생각이 서로 내 선택을 받기 위해서, 그 한자리를 차지하겠다고 아우성을 질러대고 있다. 내가 원하지 않는 게 떠올라 기분이 울적해진다면, 그런 내 자신을 원망하고 탓하는 대신, 그냥 우울한 생각을 재빠르게 다른 생각으로 전환하면 된다.

이런 생각들을 정리하고 나서, 세 살 배기 조카인 도훈이의 행동이 내 눈에 들어왔다. 이제는 도훈이가 제법 자라서, 자기가 하고 싶은 것에 대한 표현이 뚜렷해졌다. 부모님 생신이라 온 가족이 모여서 외식을 했다. 아이가 소란스럽게 뛰어다닐 것이 걱정이 돼, 방이 있는 샤브샤브 식당으로 예약해두었다. 소란을 최대한 줄이려고 했지만, 도훈이는 밖으로 나가고 싶다고 소리를 지르고 몸부림을 쳤다. 그런데 물 잔에 숟가락을 넣어서 짤랑짤랑 흔드니 금방 거기에 정신이 팔려서 나가려고 했던 것을 잊어버렸다.

물 잔에 든 숟가락에 정신이 팔려서 한참을 가지고 놀았다. 하지만 곧 물 잔에 싫증을 느꼈고. 다시 밖으로 뛰쳐나가려고 몸부림을 치기 시작했다. 이번에는 샤브샤브에서 건진 국수를

후후 불어서 한 움큼 손에 쥐어주었다. 또다시 국수에 정신이
팔려, 한 번도 나가고 싶어 한 적이 없던 아기처럼 얌전해졌다.

나를 없애버리고 싶을 때

초판 1쇄 인쇄 2019년 10월 21일
초판 1쇄 발행 2019년 10월 28일

지은이 우수진
펴낸이 천정한

펴낸곳 책엔
출판등록 2018년 5월 8일 제2018-000136호
주소 서울 은평구 은평터널로66, 115-511
전화 070-7724-4005 **팩스** 02-6971-8784
블로그 http://blog.naver.com/junghanbooks
이메일 junghanbooks@naver.com

ISBN 979-11-87685-38-8 (03810)

이 도서의 국립중앙도서관 출판예정도서목록(CIP)은
서지정보유통지원시스템 홈페이지(http://seoji.nl.go.kr)와
국가자료공동목록시스템(http://www.nl.go.kr/kolisnet)에서 이용할 수 있습니다.
(CIP제어번호: CIP2019040787)

책엔은 도서출판 정한책방의 자매 브랜드입니다.